Nous remercions le ministère du Patrimoine canadien,
la SODEC et le Conseil des Arts du Canada
de l'aide accordée à notre programme de publication

  Patrimoine   Canadian
canadien   Heritage

 Conseil des Arts Canada Council
Québec ꞉꞉   du Canada   for the Arts

ainsi que le Gouvernement du Québec
– Programme de crédit d'impôt
pour l'édition de livres
– Gestion SODEC.

Nous reconnaissons l'aide financière
du Gouvernement du Canada
par l'entremise du Programme d'aide au développement
de l'industrie de l'édition (PADIÉ) pour ce projet.

Illustration de la couverture :
Carl Pelletier pour Polygone Studio

Maquette de la couverture :
Grafikar

Montage de la couverture :
Ariane Baril

Édition électronique :
Infographie DN

Dépôt légal : 2ᵉ trimestre 2008
Bibliothèque nationale du Canada
Bibliothèque nationale du Québec

1234567890 IML 098

SÉTI, LA MALÉDICTION DU GLADIATEUR

TOME 3

SÉTI,
LA MALÉDICTION
DU GLADIATEUR

TOME 3

DANIEL MATIVAT

roman

ÉDITIONS
PIERRE TISSEYRE
www.tisseyre.ca

9300, boul. Henri-Bourassa Ouest, bureau 220
Saint-Laurent (Québec) H4S 1L5
Téléphone : 514-335-0777 – Télécopieur : 514-335-6723
Courriel : info@edtisseyre.ca

Catalogage avant publication de
Bibliothèque et Archives nationales du Québec
et Bibliothèque et Archives Canada

Mativat, Daniel, 1944-

    Séti, la malédiction du gladiateur

    (Collection Chacal ; 50) (Séti ; 3)
    Pour les jeunes de 12 à 17 ans.

    ISBN 978-2-89633-079-9

    I. Pelletier, Carl. II. Titre III. Collection

PS8576.A828M342 2008   jC843'.54   C2008-940021-6
PS9576.A828M342 2008

1

Un nouveau chapitre

Le troisième chapitre des confessions de Séti était écrit en latin, une langue qui m'était plus familière que le grec ancien, car je l'avais étudiée, dans ma jeunesse, au collège classique. Cette partie du récit était rédigée sur des feuilles de papyrus et du parchemin fabriqué avec des peaux de chèvre et de mouton. Le tout avait dû être enroulé à la manière romaine avant d'être redécoupé en pages, puis cousu et relié sous la forme d'un codex[1] qui avait été inséré à la suite des textes en égyptien et en grec que j'avais déjà déchiffrés[2].

---

1. Le codex ou codice est l'ancêtre du livre moderne formé de pages reliées. Il supplanta au IVe siècle le rouleau appelé aussi *volumen.*
2. Voir *Séti, le livre des dieux* et *Séti, le rêve d'Alexandre.*

J'étais impatient de lire la suite des aventures de ce mystérieux Séti, simple scribe devenu pharaon et héros presque immortel qui, à travers les siècles, poursuivait sa quête sans cesse renouvelée de son amour perdu et du fabuleux livre de Thot.

Allais-je enfin avoir la réponse à la question que je me posais depuis le début de la découverte de la tombe de Barahiya: fallait-il révéler au monde ou garder secrète l'existence même de cet ouvrage extraordinaire susceptible d'apporter aux hommes de prodigieux bienfaits, mais aussi capable de provoquer des désastres et des calamités sans nombre?

J'avais dû, entre-temps, m'absenter d'Égypte et prendre l'avion pour New York afin d'y rencontrer les riches mécènes qui finançaient habituellement mes campagnes de fouilles.

Ils voulurent savoir quels étaient les résultats de ma dernière année d'exploration. Je fus embarrassé de leur mentir. Je leur fis part de quelques trouvailles plus ou moins importantes faites dans l'oasis où j'avais passé l'été en compagnie de l'équipe d'égyptologues à laquelle j'étais associé. Ils m'écoutèrent sans trop réagir devant la minceur de mes découvertes, ce qui m'évita de leur parler de ce que j'avais mis au jour dans le Djebel-al-Mawta.

J'ignore pourquoi, mais je me doutais qu'il fallait que j'en sache davantage avant d'ébruiter la nouvelle…

C'est donc avec un certain malaise et une hâte non dissimulée que je revins à Alexandrie et allai retirer du coffre de la banque, où je l'avais déposé, le livre couvert de maroquin rouge qui allait peut-être me rendre célèbre et bouleverser l'humanité entière.

Voici la traduction fidèle de cette troisième partie des pérégrinations de Séti, voyageur du temps et témoin de la folie des hommes.

2

Le livre en danger

Je vécus plusieurs siècles à Alexandrie. J'y fus heureux avec Roxane ainsi qu'avec tous les compagnons d'études qui partagèrent ma vie à cette époque-là. Amis que je vis vieillir et mourir l'un après l'autre, se détachant de moi comme feuilles que le vent d'automne emporte, pour être remplacés par d'autres plus jeunes, porteurs de nouveaux idéaux.

Sous Ptolémée, la ville fondée par Alexandre le Grand s'était embellie de monuments renommés dans tout le bassin méditerranéen. Notamment, sur l'île de Pharos s'élevait un phare célèbre dominant l'entrée du port, et sur la terre ferme avait été construite une bibliothèque qui s'était fixé l'objectif extraordinaire de posséder une copie de tous les livres du monde.

Pour y parvenir, le roi Ptolémée et ses successeurs envoyèrent des émissaires dans l'ensemble des pays connus avec mission d'acheter, même à prix d'or, tous les ouvrages sur lesquels ils pourraient mettre la main. Ainsi, au fil des siècles, les rouleaux de papyrus et les parchemins les plus rares s'accumulèrent à Alexandrie : pièces de théâtre des grands auteurs, livres de philosophie, traités scientifiques. En tout, plus de sept cent mille volumes qu'un cortège de brillants esprits venaient consulter sur place et qui faisaient de la ville le centre du savoir.

Quel meilleur endroit pour conserver et préserver le livre de Thot ? N'était-ce pas le livre des livres ?

Il y demeura bien à l'abri pendant presque trois cents ans, gardé jalousement par des bibliothécaires érudits. Je leur avais demandé expressément de déposer le livre dans une section secrète. Il ne devait être accessible qu'aux personnes dignes de le consulter, dans l'unique but de faire progresser la science pour le bien de l'humanité.

L'Histoire a retenu les noms de quelques-uns de ces savants exceptionnels : Archimède, Euclide, Ératosthène, Théocrite…

Et puis, un jour, cet âge d'or où le livre ne servit qu'à de nobles fins se termina de façon abrupte.

Rome, la nouvelle puissance qui était en train de se tailler un empire par le glaive, se trouvait plongée en pleine guerre civile. Un général, un certain Jules César, poursuivit jusqu'en Égypte son malheureux rival, le grand Pompée. Ptolémée le treizième du nom eut le malheur de s'opposer au général. On se battit dans la ville et, un matin, je fus réveillé par des cris : « Au feu ! Au feu ! La grande bibliothèque brûle ! »

César avait incendié la flotte égyptienne en rade d'Alexandrie mais, poussées par le vent, les flammes avaient gagné les magasins de blé du quartier du Bruchion et, de là, avaient embrasé une partie des réserves de la bibliothèque : soixante-dix mille rouleaux manuscrits transformés en cendres !

C'est le bibliothécaire en chef lui-même qui vint m'informer de cette tragique nouvelle en me rendant le coffret d'ivoire dans lequel était enfermé le livre de Thot.

— Je suis désolé, mais il n'est plus en sécurité, me dit-il. Reprenez-le. Imaginez si ces sauvages de Romains venaient à apprendre son existence et sa présence ici ! Vous rendez-vous compte des conséquences ?

Je savais que ce fonctionnaire dévoué avait raison. Mais où dissimuler ce papyrus si précieux dont j'étais devenu le gardien désigné par la volonté des dieux ?

J'avais cru que personne ne le trouverait dans la tombe secrète de Barahiya. Or, il avait été volé. Je l'avais récupéré à la mort du grand Alexandre de Macédoine et voilà qu'il était de nouveau menacé de tomber entre les mains d'hommes de guerre tout aussi belliqueux et dévorés d'ambition malsaine. Je devais lui trouver une cachette absolument sûre. Un lieu si sacré que personne n'oserait y pénétrer.

Je pensai alors au grand prêtre du temple de Jérusalem, Eléazar, un sage parmi les sages, un pieux rabbin que je connaissais depuis plusieurs années. À l'invitation du roi, cet homme de dieu était venu à Alexandrie en compagnie de soixante et onze lettrés juifs pour traduire en grec un livre qui contenait toute l'âme de son peuple : la Bible.

Nous avions longuement discuté ensemble du livre de magie dont j'avais la garde.

— Pour moi, avait conclu l'éminent personnage, ce livre est l'œuvre du Diable et je suis d'accord avec vous seulement sur un point. À défaut de pouvoir le détruire, il faut jeter cet ouvrage maléfique au fond de quelque oubliette et le mettre définitivement hors de portée des êtres trop faibles ou trop irresponsables qui constituent l'essentiel de l'humanité.

Eléazar m'avait alors confié que, depuis des siècles, dans le Saint des Saints du temple de Jérusalem, étaient gardés des ouvrages et des reliques sacrés du même genre que le livre de Thot. Des textes et des objets si dangereux que jamais ils n'étaient montrés au peuple, de crainte que celui-ci en fasse un usage néfaste.

C'étaient là des paroles pleines de bon sens et je pris aussitôt ma décision. Je confierais le livre au Temple et à Eléazar. Nul n'oserait aller le chercher là-bas et j'étais certain que le grand prêtre veillerait à ce qu'il soit si bien enfoui au cœur de ce lieu millénaire qu'on finirait par le croire perdu à jamais.

3

Prisonnier des Romains

Je gagnai donc la Judée avec le livre et, en découvrant la ville sainte des Hébreux, je ne pus que me féliciter de mon choix.

Jérusalem, avec sa triple enceinte et ses hautes murailles enserrant le grand temple, lui-même bâti sur une haute plate-forme érigée à l'aide de blocs cyclopéens, serait pour le livre un gigantesque coffre-fort à l'échelle d'une ville entière.

Eléazar me reçut sur l'esplanade de l'immense monument qui, derrière lui, étincelait de tous ses ors et ses marbres polis. Il fut étonné de ma demande, mais accepta, et je lui remis le papyrus dans son coffret en le remerciant chaleureusement.

— Vous me soulagez d'un lourd fardeau et je ne souhaite qu'une chose…

— Laquelle ? s'enquit le rabbin, en triturant sa longue barbe blanche.

— Ne plus jamais en entendre parler.

— Le Tout-Puissant vous entend ! s'exclama le vieillard en hochant la tête.

Au grand soulagement de ma conscience, je crus bien avoir trouvé la solution et gagné le droit de mener pour les siècles à venir une vie simple et sans histoire.

Croyant ma mission accomplie, je m'installai donc en Galilée où j'élevai des moutons et vécus sous la tente des nomades, bien décidé à me faire oublier.

Comme les ans ne semblaient pas avoir de prise sur moi, on ne tarda pas à me considérer comme un saint homme et on fit appel à moi pour trancher mille petits conflits et problèmes de la vie quotidienne. À qui appartenait cette brebis égarée ? Comment soigner cet enfant malade ? Où creuser le prochain puits ?

Bref, j'étais heureux.

Cela dura cent ans.

Parfois, un colporteur ou le chamelier d'une caravane de passage nous apportaient des nouvelles. Les empereurs se succédaient sur le trône des Césars. Sous Tibère, on avait crucifié un certain Jésus qui faisait des miracles et se disait le fils de Dieu. Plus tard, un empereur fou avait revêtu la pourpre impériale. On disait qu'il avait mis le feu à Rome[3] et contemplé l'incendie en chantant au son de sa lyre.

Et puis me parvinrent bientôt de Jérusalem des rumeurs inquiétantes. À la suite des exactions du proconsul de Judée, les zélotes, des Juifs fanatiques, avaient pris l'épée contre l'occupant et lui avaient tendu dans les montagnes de sanglantes embuscades dans lesquelles étaient tombés de nombreux légionnaires. En représailles, les Romains et leurs alliés syriens avaient souillé volontairement des synagogues en sacrifiant des animaux devant celles-ci en l'honneur des dieux païens. Pire encore, le gouverneur, au lieu d'apaiser les choses, avait renchéri en exigeant du grand prêtre de Jérusalem un tribut de quatorze talents à prélever sur le trésor du temple. Comme sa demande avait été rejetée, il avait osé forcer les portes du sanctuaire, n'hésitant pas à tuer ceux qui s'opposaient à cette intrusion sacrilège.

---

3. Néron en l'an 64.

Alors, à travers toute la Palestine, les Juifs s'étaient soulevés. Des légions entières avaient été massacrées. Rome avait envoyé en renfort une immense armée pour punir la province rebelle. Mais, entre-temps, l'empereur dément qui régnait sur Rome s'était donné la mort et le nouveau César[4] avait confié à son fils Titus la tâche de mater définitivement la révolte en s'emparant de la ville sainte.

Cela faisait bientôt cinq mois que durait le siège de Jérusalem. Qu'allait-il se produire si le temple était livré au pillage ? Il fallait absolument que j'aille voir sur place si le danger était bien réel.

Monté sur un âne et vêtu comme un simple berger, je partis donc pour la cité de David et de Salomon. Je n'eus pas à aller très loin pour apprendre la catastrophe. Des flots de réfugiés et de blessés encombraient tous les chemins. J'interrogeai un rabbin qui portait le rouleau de sa torah entre les bras comme s'il se fût agi d'un enfant.

— Qu'est-il arrivé ?

L'homme de Dieu s'inclina à plusieurs reprises, les larmes aux yeux.

— La ville est tombée.

---

4. L'empereur Vespasien.

— Et le temple ?

— Le temple n'est plus. Un Romain a jeté une torche à l'intérieur et tout a brûlé…

— Tout ?

— Non, Titus a eu le temps de sauver la plupart de ses trésors qu'il compte exhiber au cours de son triomphe à Rome : le grand chandelier d'or à sept branches[5], l'Arche d'Alliance[6]… Malheur ! Malheur à nous ! Et vous, où allez-vous ?

— Je vais là-bas.

— Vous êtes fou ! Les Romains ne se contentent pas de saccager la ville, ils font des milliers de prisonniers qu'ils ont l'intention de vendre comme esclaves. Seuls quelques zélotes leur résistent encore dans une forteresse qui surplombe la mer Morte[7].

— Je dois y aller tout de même.

---

5. La menora.
6. Coffre où les Hébreux gardaient les tables de la Loi, c'est-à-dire les dix commandements remis à Moïse sur le mont Sinaï.
7. À Massada, trois ans après la chute de Jérusalem, mille zélotes, sous le commandement de leur chef Eléazar Ben Ya'ir, tinrent en échec pendant sept mois les huit mille hommes de la Xe légion du général Flavius Silva. Les défenseurs préférèrent se suicider en se tuant l'un l'autre plutôt que de se rendre.

— Eh bien, que Dieu vous protège, mon garçon !

En atteignant les hauteurs dominant Jérusalem, je pus constater à quel point les combats avaient été féroces. Une grande brèche avait été ouverte dans les murailles et le sol était jonché de corps brûlés et de cadavres criblés de flèches.

La ville que j'avais vue autrefois regorgeant de vie et de richesses n'était plus qu'un immense tas de ruines noircies par le feu et rougies par le sang.

J'arrivais trop tard… et je m'apprêtais déjà à rebrousser chemin quand soudain des buccins[8] se mirent à claironner, annonçant la sortie en ordre de marche de soldats romains qui escortaient un convoi de chariots attelés à plusieurs dizaines de bœufs.

Une idée folle me traversa l'esprit. Et si ces chariots transportaient une partie du butin provenant du temple ? Et si le livre s'y trouvait ?

Je me couchai à plat ventre et sortis lentement la seule arme dont je m'étais muni, mon

---

8. Trompettes romaines en forme de cornes.

khopesh[9], cadeau de mon père que j'avais rapporté d'Égypte.

C'est alors que j'entendis, juste derrière moi, des craquements de branches et des bruits dans les buissons.

Un homme enturbanné et vêtu d'une longue tunique rayée se glissa en rampant jusqu'à moi.

— Tu as l'intention d'exterminer seul tous ces Romains ? murmura-t-il en souriant dans sa barbe.

D'autres hommes rejoignirent silencieusement celui qui apparemment les commandait. Des zélotes. Nous fûmes bientôt une centaine de rebelles armés d'arcs, de frondes et de poignards à épier les légionnaires qui s'avançaient sur la route, pilums à l'épaule, bagages sur le dos et boucliers au bras.

— Je m'appelle Judas, me dit à voix basse le chef des sicaires[10]. Et toi, es-tu des nôtres ?

Connaissant le fanatisme de ces gens, je préférais mentir en répondant que oui et l'interrogeai à mon tour:

— Sais-tu où ils vont ?

---

9. Épée à lame courbe des Égyptiens.
10. Surnom des zélotes, à cause de leur poignard tranchant, la *sica*.

Judas confirma ce que je pensais :

— Ces sales charognards emportent ce qu'ils ont pillé jusqu'au port de Césarée.

— Combien sont-ils ?

— À peu près une cohorte[11].

Les légionnaires étaient maintenant tout près. Coiffé d'une tête de loup, je pouvais voir leur porte-enseigne qui ouvrait la marche, suivi d'un centurion tenant son cep de vigne[12].

Un sifflement. L'officier porta la main à son cou. Une flèche lui avait traversé la gorge. Des ordres furent criés. Un autre officier de plus haut rang, un gros homme rougeaud, arriva au galop. Les soldats, glaive au poing, se serrèrent bouclier contre bouclier. Des javelots volèrent dans les airs.

Sur un geste de Judas, les zélotes se levèrent d'un seul bond et se jetèrent sur les Romains qui subirent cet assaut furieux sans broncher, en véritables soldats.

Emporté par l'élan de ces guerriers juifs qui semblaient ignorer la peur, je me mis moi-même à courir vers les chariots, animé par l'espoir insensé d'y trouver peut-être ce

---

11. Troupe de six cents hommes dirigée par six centurions.
12. Insigne de commandement de ces officiers. Ils s'en servaient pour frapper les hommes.

que j'étais venu chercher. Deux soldats m'entourèrent. Je me défendis de mon mieux, blessant l'un d'eux au défaut des écailles de sa cuirasse de cuir. L'autre ferrailla un long moment avec moi jusqu'à ce que d'autres Romains venus à sa rescousse me tombent sur le dos et me ligotent solidement.

Un appel de trompe se fit entendre. Les zélotes se replièrent, laissant derrière eux plusieurs blessés.

Je résistai comme un forcené, mais un des hommes qui m'avaient immobilisé me précipita rudement à terre et m'écrasa le visage sous ses souliers cloutés[13]. Il grogna :

— Celui-là ne nous échappera pas !

Deux jours plus tard, couvert de chaînes, j'embarquai à fond de cale sur une trirème chargée de prisonniers de guerre à destination d'Ostie[14].

---

13. Les Romains portaient des *caligae*, sortes de sandales cloutées et lacées au mollet.
14. Le port de Rome.

4

Le marché aux esclaves

— Sept mille sesterces pour ce jeune Égyptien ! Voyons, ce n'est pas cher ! C'est de la belle marchandise venue tout droit d'Orient ! Admirez cette musculature ! Aucune blessure. Aucune maladie. Il sait se battre et il brillera dans l'arène. Allons, citoyens, vous ne laisserez pas passer une pareille aubaine !

Presque nu, le corps huilé, la tête couronnée de feuillage et les pieds enduits de craie[15], je n'étais désormais ni un prisonnier ni même un homme. Je n'étais plus rien. Un vulgaire esclave exposé sur une estrade du forum dominée par les colonnes majestueuses

---

15. La couronne de feuillage était le symbole dérisoire des vaincus comme la couronne de laurier était celui des vainqueurs. Les esclaves destinés à la vente avaient les pieds enduits de craie pour être plus facilement retrouvés en cas de fuite.

du temple de Castor et Pollux[16]. Devant moi, quelques dizaines de badauds drapés dans leurs toges m'observaient et deux ou trois femmes excitées échangeaient des propos égrillards en m'envoyant des baisers et en se moquant de moi.

C'était donc cela la grande Rome, capitale du monde ! Depuis mon débarquement dans le port et mon transfert jusqu'au marché dans une cage sur roues, je n'avais vu à travers les barreaux de bois de ma prison que des routes bordées de tombeaux. Puis, en traversant les quartiers populaires, j'avais été frappé par la saleté repoussante des ruelles mal famées dans lesquelles les chaises à porteurs et les litières des bien-nantis se frayaient tant bien que mal un passage au milieu des saltimbanques, des vendeurs de saucisses, des chanteurs de rue et des charmeurs de vipères. Et tous ces gens se bousculaient, s'injuriaient, crachaient à terre en essayant d'échapper aux nuées d'enfants qui mendiaient et aux invitations obscènes des prostituées faméliques reconnaissables à leurs vêtements bruns, leurs perruques rousses, leurs joues barbouillées de vermillon et leur peau blanchie à la céruse.

---

16. C'était là que se tenait le marché aux esclaves.

— Six mille cinq cents[17] ! C'est ma dernière offre. Voyons qui m'achètera cet Égyptien ? À ce prix, j'y perds.

Une main se leva. Le vendeur exulta en désignant un gros homme chauve encadré de deux esclaves africains de haute taille :

— Vendu à Tiberius Crassus Galba.

Enfin libéré de mes liens, je m'apprêtais à descendre de l'estrade quand le colosse blond enchaîné à mes côtés, qui venait d'être acquis par le même acheteur, me gratifia d'une bourrade amicale.

— Ne t'en fais pas, camarade ! Tu es chanceux dans ton malheur. Te voilà la propriété du plus célèbre *ludus* de Pompéi !

Je le regardai, étonné.

Il éclata de rire.

— Tu ne sais pas ce qu'est un *ludus* ? Mais d'où sors-tu, l'ami ? Un *ludus,* c'est une école de gladiateurs ! Et celui qui vient de t'acheter est sans doute le plus fameux organisateur de jeux de toute la Campanie[18]. Si tu

---

17. Il s'agit d'une somme considérable correspondant à environ trente mois du salaire d'un soldat.
18. La Campanie (région de Naples) était renommée pour ses écoles de gladiateurs. Une des plus connues était celle de Capoue.

29

combats bien, tu deviendras célèbre et si tu ne meurs pas trop vite, tu reconquerras peut-être un jour ta liberté.

5

Le *ludus*

Le colosse s'appelait Orgetorix[19]. Il venait de Gaule et avait été condamné à la *damnatio ad ludum*[20] pour avoir assassiné un riche propriétaire de la Narbonnaise qui lui avait volé ses terres.

Nous nous retrouvâmes dans le même chariot-prison en route vers le sud. Longeant la côte, le chemin qui menait de Rome à Naples traversait une campagne verdoyante, piquée d'ifs et de pins parasols, bruissante des stridulations des cigales. Nous fîmes de nombreuses haltes et j'eus le temps de me

---

19. Ce nom signifierait en gaulois « roi des tueurs ».
20. La condamnation aux jeux du cirque.

lier d'amitié avec ce Gaulois qui avait déjà combattu dans les arènes de son pays. Il m'expliqua plus en détail les rudiments du métier auquel on me destinait.

Il connaissait bien ce Tiberius chez qui on nous conduisait. Un vrai marchand de mort. Un homme sans scrupules et immensément riche. Surtout depuis son retour de Palestine, où il avait servi sous Titus, à titre de tribun.

— Les Romains aiment le sang, ajouta Orgetorix, et celui qui nous a choisis organise des jeux uniquement pour que le bon peuple puisse assouvir cette passion. En retour de sa générosité, il pourra se faire élire facilement à toutes charges importantes. Il espère donc que tu fourniras à la populace un bon spectacle. C'est-à-dire que tu feras durer le plaisir en te battant avec courage et que tu sauras mourir sans un mot.

— Et il n'y a pas d'autre issue que la mort?

— Ça dépend de toi. Si tu ne meurs pas bêtement à ton premier combat, au bout de cinq ans, quand tu auras égorgé dix à quinze pauvres bougres ou plus d'une centaine si tu es un champion - un *meliore*, comme ils disent - tu recevras peut-être ton *pileus*[21], qui fera de toi un affranchi. Mais pour en arriver là, il faudra que tu n'oublies pas une chose…

— Laquelle ?

— Seuls y parviennent ceux qui ont la volonté de survivre et qui n'ont pas peur de la mort.

— Je n'ai pas peur d'elle.

— Alors, tu as peut-être un avenir…

— Et toi, tu as tué beaucoup d'hommes ?

— Trop.

Il se tut et devint songeur avant de poursuivre en riant :

— Mais, tu sais, il n'y a pas que des « inconvénients ». La bouffe est bonne, dans les *ludus*, surtout si tu aimes la bouillie d'orge… Et puis, il y a les femmes !

— Les femmes ?

— Oui, elles sont folles de nous. Même les grandes dames. Tu verras. La veille d'un combat, certaines paient pour venir en secret dans nos chambres. Coucher avec quelqu'un

---

21. Épée ou baguette de bois que recevait le gladiateur le jour de sa libération. Elle lui accordait le droit de ne plus se battre et il portait désormais un bonnet phrygien pour indiquer son nouvel état d'homme libre.

qui risque de mourir le lendemain leur échauffe le sang comme tu ne peux pas te l'imaginer !

Mourir. Ce mot revenait dans chaque phrase d'Orgetorix. Bien entendu, mon compagnon d'infortune ne pouvait savoir que j'étais sans doute le seul homme sur cette Terre que cette pensée n'effrayait pas. Il ignorait que, par la volonté des dieux, même si je n'étais pas tout à fait immortel, j'avais trois mille ans d'espérance de vie. Non, vraiment, ma propre mort ne pouvait me glacer d'effroi. Celle des autres, par contre, oui.

J'avais déjà trop vu mourir autour de moi et je dois avouer que la perspective d'être forcé de tuer ainsi, pour rien, sinon pour plaire à un public sanguinaire, me remplissait carrément d'horreur.

Par la *via Appia Antica*[22], il nous fallut presque une semaine pour atteindre Pompéi. La caserne des gladiateurs avait été aménagée près du Grand Théâtre dans la riche demeure

---

22. Une des grandes artères reliant les régions de l'Italie.

d'un ancien patricien[23]. La ville, avec ses jardins et ses villas immenses couvertes de tuiles rouges, reflétait la richesse de ses habitants. D'après Orgetorix, beaucoup d'entre eux étaient des propriétaires de vignobles ou de nobles Romains qui venaient profiter des douceurs du climat.

Épuisé par le voyage, je descendis du chariot en frictionnant mes reins douloureux. J'aperçus à l'horizon une montagne bleutée parfaitement conique d'où s'échappait un mince filet de fumée.

Devançant ma question, Orgetorix me dit :

— Le Vésuve !

Dès que nous fûmes rassemblés devant la grille du *ludus*, on nous poussa sans ménagement à l'intérieur d'un vaste quadri-portique formant une cour carrée au centre de laquelle des combattants, torse nu, se livraient à des exercices violents.

Une brute, bardée de cuir et armée d'un fouet, nous fit mettre en rang.

— Allez ! On ne traîne pas ! aboya l'homme.

---

23. C'était l'ancienne villa de Lucretius Fronto.

— Qui est-ce ? demandai-je à mon ami gaulois en m'efforçant de hâter le pas malgré les lourdes chaînes qui entravaient mes pieds.

— Le laniste[24]. Surtout, baisse la tête et ne le regarde pas dans les yeux. C'est lui qui dirige cette *familia*[25]. Ta vie repose entre ses mains.

Dans la cour, les gladiateurs à l'entraînement continuaient à se démener. Certains utilisaient des armes factices. D'autres, au contraire, frappaient de toutes leurs forces du tranchant de leur glaive sur des troncs d'arbre qui leur servaient de mannequins.

En passant près d'eux, le laniste en apostropha quelques-uns :

— Plus fort, Fulgur ! Toi aussi, Ursius ! Et toi, Callidromos, tu dors ou quoi ? Faustus, Callimorphos[26], mettez-y du nerf ! Oui, c'est ça ! Là, c'est beaucoup mieux !

---

24. Le laniste ou *lanista* était l'entraîneur et le maître du *ludus*. Il travaillait souvent pour un riche protecteur qui louait ses gladiateurs à l'occasion des jeux.
25. Ensemble des gladiateurs d'une école.
26. Les gladiateurs portaient des noms de scène évocateurs : Fulgur signifiait « la foudre », Ursius, « l'ours », Callidromos, « le rapide », Faustus, « le chanceux » et Callimorphos, « le bien bâti ».

On nous ôta enfin nos chaînes et une esclave nous apporta une cruche d'eau et un panier rempli de petits pains ronds, durs comme de la pierre, sur lesquels nous nous jetâmes comme des bêtes affamées.

Puis le maître des lieux, qui répondait au nom de Caïus Furius, nous fit un bref discours afin de nous énoncer les règles de la maison.

— On va vous conduire à vos cellules. Elles seront verrouillées pour la nuit et le resteront les nuits suivantes tant que je le jugerai bon. Lever à l'aube et début de l'entraînement à *hora prima*[27]. Je veux voir ce que vous avez dans le ventre. Si vous faites l'affaire, je vous affecterai une *armatura*[28]. Autant que vous le sachiez tout de suite : je ne garde que les meilleurs, car je ne nourris pas de bouches inutiles.

Orgetorix fut logé dans une chambre du rez-de-chaussée. La mienne était à l'étage. On y accédait par une galerie après avoir traversé une vaste exèdre[29] sur les murs de

---

27. Vers 6 h du matin.
28. Une spécialité parmi les types de gladiateurs.
29. Sorte de salon en hémicycle aménagé pour la discussion.

laquelle était peinte une fresque érotique représentant les amours de Mars et de Vénus.

Des vétérans me regardèrent passer, affichant un air narquois. L'un d'eux, qui buvait en compagnie d'une femme appartenant visiblement à la bonne société, ricana :

— Celui-là, je vous parie qu'il aura juste le temps de mettre le pied dans l'arène avant que le sable ne boive son sang.

J'étais trop fatigué pour répliquer quoi que ce soit. Un domestique m'ouvrit la porte de mon misérable réduit. Je m'y engouffrai sans demander mon reste. Le lit n'était qu'un grossier châlit de bois tendu de lanières de cuir et le matelas n'était qu'une paillasse rembourrée de crin. Je me laissai tomber dessus et, enroulé dans l'unique couverture qu'on m'avait fournie, je m'y endormis aussitôt d'un sommeil agité.

Je fis un rêve. Bastet, ma déesse protectrice, m'apparut. « Tu dois récupérer le livre », me dit-elle. « Anubis, le dieu-chacal, est en colère contre toi. » Et moi, je me désolais : « Mais comment le trouverai-je ? Où est-il ? J'ignore quel Romain s'en est emparé dans les ruines du Temple. » « Il n'est pas loin », me répondit la bonne déesse. « Je t'aiderai. Je serai à côté de toi… »

Des coups ébranlèrent ma porte, suivis d'un bruit de clé et de serrure qu'on déverrouille.

— Debout ! Il est l'heure ! Debout, bande de charognes !

Je me frottai les paupières, incrédule. Ce ne pouvait pas être déjà l'aurore…

Pourtant le soleil brillait.

Le temps de vider un gobelet d'eau, d'avaler un morceau de fromage et un oignon sur un quignon de pain, et je me retrouvai dans la cour en compagnie d'Orgetorix et des autres esclaves achetés au marché de Rome. Caïus Furius nous y attendait devant un tas de casques, de boucliers et d'armes en bois avec lesquels nous dûmes nous équiper pour le mieux.

Le laniste fit signe d'avancer à un premier candidat qui n'avait trouvé pour se défendre qu'un solide bâton.

— Toi, attaque-moi ! Essaie de me toucher ! ordonna Caïus.

L'apprenti gladiateur tenta de frapper l'entraîneur de la pointe de son arme. Caïus esquiva le coup facilement. L'autre revint à la charge sans plus de succès. Caïus, avec une habileté diabolique, évitait le bâton en bougeant simplement le haut de son corps. L'affrontement continua ainsi quelques minutes jusqu'à ce que le laniste, las de ce jeu, désarme son adversaire d'un geste vif et lui assène un coup terrible sur la tête.

Puis, sans se préoccuper de l'état de sa victime qui gisait à terre, le crâne fendu, il lança :

— Au suivant !

Ce fut Orgetorix qui prit la relève. Il avait eu la précaution, quant à lui, de se coiffer d'un casque à visière percée de trous et de se protéger d'un bouclier rond. Cette fois, le combat fut plus égal et à une ou deux reprises le Gaulois parvint à toucher de son glaive de bois la cuirasse de Caïus.

— Bien ! Bien ! approuva le laniste. Toi, tu as déjà combattu dans l'arène, n'est-ce pas ?

Orgetorix acquiesça. Caïus n'insista pas et se tourna vers moi.

— Toi, l'Égyptien, montre-nous ce que tu as dans le ventre !

Heureusement pour moi, j'avais eu le loisir d'observer les tactiques du redoutable maître d'armes et j'avais noté chez lui un point faible : une certaine lourdeur dans les jambes due sans doute à l'âge.

J'avais en main un trident aux pointes émoussées. Caïus para facilement mes premières passes mais, peu à peu, en tournant très vite autour de lui et en l'attaquant sans répit, je réussis à l'essouffler suffisamment pour le frapper en pleine poitrine.

Il chancela à peine et encaissa le choc sans broncher, se contentant de se marmonner pour lui-même des remarques purement professionnelles.

— Pas assez costaud pour devenir un hoplomaque ou un mirmillon, mais assez agile et assez adroit pour en faire un thrace ou un rétiaire[30].

Caïus Furius expédia rapidement les trois ou quatre autres *tirones*[31] qui lui restaient à évaluer avant de me rappeler et de convoquer également Orgetorix.

— Vous deux, je vous garde. Comment vous appelez-vous ?

Nous lui déclinâmes nos noms.

Il grimaça.

— Ce ne sont pas des noms de spectacle. Toi, tu t'appelleras Léo[32] et toi, le Gaulois,

---

30. Sortes de gladiateurs lourds et légers.
31. Débutants, jeunes recrues.
32. Le lion.

Pugnax[33]. Allez, maintenant, dégagez ! Je vous ai assez vus.

Il me fallut plusieurs mois pour apprendre à me débrouiller avec l'équipement de base de la spécialité qui m'avait été attribuée, celle de rétiaire. Je dus apprendre comment maintenir l'adversaire à distance avec mon trident, comment essayer de le faire trébucher en lui lançant dans les jambes mon filet plombé, comment protéger mon épaule droite à l'aide de l'unique pièce de cuirasse à laquelle j'avais droit et surtout comment pallier l'absence de bouclier en me servant de mon gantelet tout en évitant de me faire trancher le poignet.

Lorsque je me sentis plus à l'aise, on m'opposa des membres des autres spécialités de la gladiature avec lesquels, selon la tradition, je risquais d'être apparié, tels les mirmillons avec leurs casques ornés d'un poisson, leurs petits boucliers ronds et leurs courtes épées à lame dentelée.

Je fus engagé dans des combats faciles au cours desquels mes concurrents me blessèrent

---

33. Le combatif.

à plusieurs reprises. Cependant la foule me gracia chaque fois et je me remis si promptement sur pied que le laniste finit par croire que j'avais vraiment l'étoffe d'un champion et que j'apporterais gloire et fortune à son école en devenant possiblement un nouveau Columbus[34].

Du coup, son attitude à mon égard changea. Il me fit forger de nouvelles armes richement ciselées. J'eus droit à une meilleure nourriture et à certains privilèges.

---

34. Le plus célèbre des gladiateurs. Il avait vaincu au moins cent cinquante adversaires.

6

Livia

C'est ainsi qu'un soir Caïus entra dans ma *cella*[35] en traînant derrière lui une jeune esclave effarouchée qu'il força à s'allonger sur mon grabat.

— J'ai parlé de toi à notre généreux éditeur[36], Tiberius Crassus Galba. Il t'a inscrit sur le programme des jeux qu'il compte donner en avril prochain pour honorer notre empereur. Il te fait cadeau de cette *luda*[37]. Tu aimes les femmes, au moins ? Elle s'appelle Livia. Tu peux en user comme bon te semble. Ne te gêne pas. Elle est à toi cette nuit et, si elle te plaît, tu pourras la garder.

---

35. Chambre, cellule.
36. Organisateur de jeux, aussi appelé *munerator*.
37. Femme destinée aux gladiateurs.

Le laniste avait à peine refermé la porte qu'une violente secousse ébranla la pièce, détachant des plaques de plâtre des murs.

— Que se passe-t-il ? m'écriai-je.

La jeune fille, qui pleurait en se frottant le nez, balbutia :

— C'est un tremblement de terre. Il y en a souvent par ici…

Elle leva la tête et je découvris qu'elle était très belle. D'une beauté qui me rappelait celle d'autres femmes que j'avais aimées dans d'autres vies. J'en fus troublé et je cherchai à la rassurer.

— Tu n'as rien à craindre de moi. Je ne te ferai aucun mal.

Elle passa la nuit blottie dans un coin de ma chambre, tout comme le lendemain et les jours suivants. Quand elle finissait par s'assoupir, je la regardais. Se pouvait-il que dans cette humble servante se soit réincarnée l'âme de la reine Néfer que j'avais tant aimée et retrouvée au cours d'une de mes existences antérieures sous les traits de la princesse Roxane ?

Le troisième jour, après un combat un peu plus dur que d'habitude dans une arène de second ordre du côté de Stabies[38], je revins

---

38. Ville voisine de Pompéi.

avec une longue taillade au bras. Je saignais abondamment et la blessure était profonde.

Livia se leva spontanément. Elle prit une cruche d'eau pour nettoyer ma plaie puis, à l'aide d'une aiguille, elle recousit les chairs avec délicatesse en prenant d'infinies précautions pour ne pas me faire souffrir inutilement.

Ce soir-là, je l'invitai à s'allonger près de moi. Je vis qu'elle était encore craintive et lui promis à nouveau :

— Je ne te toucherai pas ! Viens ! Tu dois être morte de fatigue.

Elle refusa d'un signe de tête. Je n'insistai pas et ne tardai pas à m'endormir. Quelques heures plus tard, j'éprouvai une étrange impression en sentant contre moi une présence et une douce chaleur qui m'envahit tout le corps. Au petit matin, en m'éveillant pour de bon, je m'aperçus que Livia était couchée à mes côtés.

De ce jour-là, elle prit l'habitude de ravauder mes vêtements et de faire mes courses en ville. Grâce à elle, je fus bientôt au courant de toutes les rumeurs qui agitaient le petit monde de Pompéi. À ma demande, elle m'acheta des tablettes de cire, des parchemins, des stylets et des calames, s'étonnant au passage qu'un esclave comme moi, condamné aux jeux de l'arène, sache lire et écrire.

Elle me parla également de son maître, Tiberius Crassus, parti à la guerre en Judée sans un sou et revenu tout cousu d'or. Lui aussi savait lire et s'enfermait souvent de longues heures dans son cabinet d'études en compagnie d'autres lettrés qui venaient parfois des lointaines frontières de l'Empire. C'était un homme cruel et secret qui, une fois, avait même puni de mort une malheureuse servante, simplement parce qu'elle avait pénétré sans sa permission dans une des pièces interdites de sa villa et osé toucher à un certain coffret qui renfermait «un trésor inestimable».

Je l'écoutais attentivement et en profitais pour lui poser d'autres questions. Connaissait-elle bien la maison de ce Tiberius? Pouvait-elle m'en faire une description approximative? Combien de serviteurs armés ou d'anciens gladiateurs affranchis en assuraient la surveillance? Et de quoi avait l'air ce mystérieux coffret auquel son maître semblait tant tenir?

Elle s'étonna bien un peu de ma curiosité, mais répondit de son mieux et n'hésita pas à s'informer à l'extérieur afin que je sois pleinement satisfait.

Livia, au fil des mois, devint ainsi ma compagne. Toutefois, la précarité dans laquelle je vivais me retenait de pousser plus loin la relation de respect et d'amitié qui s'était développée entre nous.

Bientôt, je sus presque tout d'elle bien qu'elle gardât pour moi un certain mystère. Il y avait d'abord ses manières délicates et cette pudeur qui la distinguaient des autres filles de gladiateurs fréquentant régulièrement la caserne. Des *lupas*, de vulgaires louves[39] sorties de leur lupanar qui tenaient des propos orduriers, s'enivraient et s'accouplaient la nuit en poussant des cris de bête dans les chambres voisines.

Il y avait autre chose de curieux à propos de cette jeune fille qui partageait de force ma misérable destinée. Je remarquai en effet que, souvent, dès que je paraissais endormi, elle se levait silencieusement et se mettait à prier

---

39. Louve ou *lupa* était le surnom des prostituées romaines. À ce propos, certains spécialistes prétendent que la fameuse louve qui recueillit les jumeaux Remus et Romulus, le fondateur de Rome, n'était pas un animal mais une de ces femmes déclassées.

discrètement je ne savais quel dieu, sans que je la vis jamais s'adresser à la moindre statuette ou idole. Elle regardait simplement les étoiles par la fenêtre de ma cellule en levant les bras au ciel et en psalmodiant à voix basse des phrases dans une langue inconnue. Puis, quand elle avait fini, avant de revenir se coucher, elle esquissait un signe en se touchant le front et la poitrine.

Or, une nuit, las de m'interroger au sujet de ce singulier manège, je cessai de faire semblant de dormir et lui demandai à brûle-pourpoint :

— Que fais-tu là ?

Elle sursauta et parut terrorisée avant de m'avouer :

— Je parle à Dieu. Je lui demande de veiller sur toi.

— Et quel est ce dieu ?

Elle pâlit.

— Si je te le dis, je suis morte.

Je devinai aussitôt son secret.

— Tu es chrétienne !

Elle inclina la tête, presque honteuse.

J'étais au courant du sort affreux que les Romains réservaient aux adeptes de cette nouvelle religion. Ils les crucifiaient ou les faisaient dévorer par les fauves, ou bien ils les enduisaient de poix et les transformaient en torches vivantes pour éclairer leurs banquets. Les chrétiens étaient accusés de tous les crimes. Sous Néron, on les avait tenus responsables du grand incendie de Rome. Ils se cachaient, disait-on, dans les cimetières hors les murs pour célébrer leur culte impie au cours duquel, en souvenir de leur Christ, ils buvaient du sang et mangeaient de la chair humaine[40]. Mais leur faute la plus grave, à ce que j'en savais, était qu'ils ne vénéraient qu'un seul dieu et refusaient en particulier d'adorer la personne sacrée de l'empereur.

Je m'efforçai au plus vite de calmer ses craintes.

— Rassure-toi. Je ne te dénoncerai pas.

Elle me remercia, les larmes aux yeux.

---

40. Cette accusation venait d'une interprétation erronée du rite de l'Eucharistie où le pain et le vin représentent symboliquement la chair et le sang du Christ.

7

Dernier festin

Vint le début du grand *munus*[41] donné par Tiberius. Le programme des jeux avait déjà été vendu pour quelques sous dans les rues de Pompéi ainsi qu'aux abords de l'amphithéâtre. Pour bien rejoindre toute la population, des annonces avaient également été criées en public et placardées un peu partout, promettant un spectacle unique avec défilé, course de taureaux, numéros comiques de bouffons et de pantomimes, condamnés livrés aux bêtes, grandes chasses avec massacres d'ours et de lions et, pour couronner le tout, vingt paires de gladiateurs choisis parmi les meilleurs.

---

41. Spectacle des jeux payé par l'éditeur ou *munerator*.

Pour respecter la tradition, la veille de l'événement, le troisième jour des ides d'avril[42], après une parade triomphale dans les rues de la ville, Caïus nous offrit un festin où le vin de Falerne coula à flots et au cours duquel on nous servit du poisson froid, des œufs, des poulardes, des pâtés de poulet et des canards en fricassée. Coiffés de couronnes de fleurs, la plupart de mes compagnons s'em-piffraient à en vomir pour le plus grand plaisir des visiteurs venus assister en grand nombre à notre dernier repas.

Orgetorix, allongé sur le lit-table voisin du mien, voyant que je me contentais de grappiller quelques grains de raisin sur le guéridon installé devant nous, me réprimanda en riant :

— Mange ! Profites-en, c'est peut-être la dernière fois que tu auras l'occasion de savourer les bonnes choses de la vie !

Je lui répondis :

— Ces gens qui nous observent comme des bêtes curieuses me dégoûtent.

Il haussa les épaules.

— Ce sont des Romains. Des oisifs qui ne travaillent pas. Ils sont riches. Nous sommes

---

42. C'est-à-dire le 10 ou le 12 avril. Les ides tombaient le 13 ou le 15 de chaque mois.

le piment de leur existence ennuyeuse. Et puis beaucoup vont parier sur toi ou sur moi. Alors il est normal qu'ils viennent vérifier si nous avons bon appétit et si nous sommes en pleine forme.

Livia, qui avait été chargée d'épandre des parfums et de masser les épaules des convives, vint me rejoindre sur ma couche. Elle me demanda s'il restait un peu de poulet et de lait de chèvre. Je lui dis de se servir. Elle remplit une coupelle qu'elle alla porter dans un des coins de la salle de banquet. Je la suivis des yeux. Les restes étaient destinés à une chatte famélique qui les accueillit en miaulant.

Elle revint avec le sourire.

— Elle mourait de faim, je l'ai trouvée sous les arcades de l'amphithéâtre. Je ne pouvais pas l'abandonner…

— Tu as bien fait. Comment s'appelle-t-elle?

— Je ne lui ai pas encore donné de nom.

— Eh bien, que penses-tu de Anty?

— Anty?

— Oui, en égyptien, cela veut dire «griffue». Tous mes chats se sont nommés ainsi. Tu sais, ici on tue des hommes par plaisir. Dans mon pays, on punit de mort celui qui fait du mal à un chat. Ils sont sacrés.

Pendant que nous parlions, la chatte, qui avait avalé goulûment ses restes de viande et lapé tout son lait, s'était rapprochée de nous. Je tendis la main vers elle. Elle vint offrir sa tête et son dos à mes caresses.

Livia sourit de nouveau en me regardant faire et, à cet instant, j'eus la certitude qu'elle était bien celle que je pensais.

Alors, tout en continuant de flatter Anty qui ronronnait de bonheur, je murmurai à l'oreille de la jeune esclave :

— Regarde-la. Tu comprends pourquoi, chez nous, la déesse de l'amour, Bastet, est une chatte.

Livia se mit à rougir.

Le banquet achevait. Caïus, soucieux de nous voir en bonne condition physique, avait décidé que nous ne veillerions pas tard et avait déjà renvoyé les visiteurs. Nous nous levâmes de nos *lecti*[43]. Certains, qui avaient fêté un peu trop, durent être portés par leurs compagnons. Orgetorix s'étira, visiblement

---

43. Lit de banquet à deux places. Les Romains mangeaient couchés en appuyant le bras gauche sur un accoudoir.

satisfait d'avoir la panse remplie. Tranquil-
lement, il prit le chemin de nos cellules. Je
lui emboîtai le pas, suivi de Livia et d'Anty.

Ce n'est qu'au moment de nous séparer
que le Gaulois découvrit la présence de la
petite chatte noire marquée d'une tache
blanche sur le front.

— Par Toutatis, qu'est-ce que cette
bestiole fait ici?

— C'est mon chat, lui répondis-je.

— Ton chat! Tu vas peut-être mourir
demain après-midi et tu décides d'adopter
un animal! Décidément, Séti, ou bien tu es
complètement fou ou bien tu es le meilleur
d'entre nous, car tu as encore un cœur. Allez,
bonne nuit quand même!

Ce soir-là, Livia ne se contenta pas de se
coucher près de moi. Elle m'enserra dans ses
bras, m'attira à elle et, dès que j'eus soufflé
la flamme tremblotante de la lampe à huile,
je sentis ses lèvres chaudes se poser sur les
miennes.

8

Dans l'arène

Le lendemain régnait dans le *ludus* un silence pesant qui contrastait avec l'atmosphère habituelle des lieux.

Chacun, dans son coin, fourbissait ses armes et vérifiait avec soin son équipement. Je fis de même avec l'aide de Livia, qui inspecta une à une les lanières de mes sandales et ajusta les plis de ma tunique. Elle semblait étonnamment calme, mais lorsqu'Anty vint la frôler affectueusement, elle la chassa d'un geste impatient.

— Va-t'en ! Ce n'est pas le moment !

J'étais prêt.

Le laniste nous passa en revue, rajustant un ceinturon par ici, éprouvant l'affûtage d'une lame par là. Sa tournée d'inspection terminée, il lança enfin l'ordre que tout le monde attendait :

— C'est l'heure ! Tous en rang. Nous y allons et tâchez de vous distinguer.

Livia blêmit, et comme je me levais pour rejoindre les autres, elle s'accrocha à mon bras.

— Je ne veux pas que tu meures…

J'aurais voulu lui expliquer les raisons pour lesquelles je ne craignais pas la mort, mais je savais trop bien qu'attachée à ses propres croyances, elle ne comprendrait pas.

Contrairement à la journée précédente au cours de laquelle nous avions paradé dans les rues[44], la voie de l'Abondance[45], qui conduisait de la caserne aux arènes, était presque déserte. Ce n'est que rendu sous les voûtes d'entrée de l'amphithéâtre que j'entendis l'immense clameur saluant notre arrivée. Tout Pompéi était là. Assise dans le triple cercle des gradins, une foule hurlante et gesticulante applaudissait notre cortège bien ordonné avec en tête les trompettes de l'orchestre précédant les porte-pancartes affichant le programme, les domestiques chargés des palmes remises aux vainqueurs, eux-mêmes suivis du char d'honneur du haut

---

44. Cette parade, ou *pompa,* faisait partie du spectacle.
45. Une des artères principales de Pompéi.

duquel Tiberius Crassus Galba saluait à la ronde. Et puis, encore derrière, les valets d'armes, les *ministri* portant nos armes, les combattants à cheval caracolant sur leurs belles montures grises et enfin, nous. Nous, les gladiateurs, sans cuirasse et tête nue, invités à compléter notre tour d'honneur pendant que Tiberius gagnait sa place sur le podium, acclamé par le peuple en liesse qui scandait :

— Longue vie à Tiberius ! Que les dieux lui accordent mille ans de bonheur !

Dans l'intervalle, nous avions regagné les coulisses afin de prendre possession de nos armes. Puis, le temps pour certains de dire une courte prière[46], nous étions de retour au milieu de l'arène. Le silence se fit. Visières des casques relevées, épées et tridents brandis à bout de bras, nous nous approchâmes alors de la tribune pour saluer la statue de l'empereur et notre généreux commanditaire en criant bien haut que nous étions prêts à défier la mort :

— *Ave Caesar, morituri te salutant*[47] !

---

46. Les gladiateurs plaçaient dans des niches des statuettes de leurs divinités protectrices : Mars, Hercule, Diane, Niké (la victoire), Némésis, déesse de la vengeance ou Tyché, déesse de la chance.
47. Gloire à toi César, ceux qui vont mourir te saluent !

Promesse solennelle qui déchaîna une fois de plus la joie sauvage des quelque vingt mille spectateurs.

Orgetorix fut choisi pour le premier duel. Les cheveux hirsutes et la barbe longue, il était presque nu et, muni de sa seule épée[48], il devait affronter un hoplomaque qui lui, au contraire, possédait non seulement une lance, mais aussi un casque empanaché et un grand bouclier rectangulaire.

L'arbitre, à l'aide de son bâton, traça sur le sable les limites à ne pas dépasser durant le combat. Il se tourna vers Tiberius pour que celui-ci donne le signal. L'ancien tribun leva la main. Les trompettes et les cors emplirent l'arène de leurs sonneries criardes. Tout en s'observant, les deux gladiateurs commencèrent à échanger quelques coups brefs. Orgetorix attaqua le premier avec une telle fougue que son adversaire dut reculer en

---

48. Cette *armatura*, ou *gallica*, était réservée aux Gaulois et aux Celtes, vieux ennemis de Rome, qu'on se représentait comme des sauvages.

s'abritant derrière son bouclier. Le Gaulois frappa encore. L'autre combattant vacilla sous le choc et retraita de nouveau en se protégeant de son mieux. Orgetorix redoubla ses assauts furieux. L'hoplomaque, débordé, perdit son bouclier tout en essayant d'arrêter son opposant de la pointe de sa lance. Orgetorix feinta et, saisissant la hampe de l'arme de la main gauche, s'en servit pour repousser son ennemi avec une telle force que celui-ci tomba sur le dos. La lutte n'avait duré que quelques secondes et, lorsque je m'étirai le cou pour voir l'issue du combat, Orgetorix avait déjà posé son pied droit sur le thorax du malheureux et lui pointait son épée sur la gorge. Le gladiateur terrassé ne chercha pas à se débattre. Il se contenta de lever le doigt pour implorer sa grâce[49].

Orgetorix brandit son épée et cria à tue-tête :

— *Victoria ! Victoria !*

Un tonnerre d'applaudissements lui répondit. Il se tourna alors vers la loge d'honneur du haut de laquelle Tiberius avait suivi le duel. Le gros homme, drapé dans sa toge, s'extirpa péniblement de son trône pour se

---

49. Les Romains appelaient cette grâce la *missio*.

mettre debout. Il tendit le bras et parcourut les gradins du regard afin de juger de quel côté penchait la populace.

Un cri s'éleva, repris en chœur par toute l'assistance :

— *Jugula! Jugula!* Égorge-le !

L'orchestre se mit à jouer de manière assourdissante. Tiberius sourit et, d'un geste lent, renversa son pouce vers le bas.

Orgetorix savait ce qui lui restait à faire. Il empoigna son épée à deux mains et l'enfonça dans la gorge de sa victime.

C'était terminé.

Pendant que le Gaulois quittait l'arène, des sortes de clowns entrèrent en scène, sautant et dansant de façon grotesque, esquissant mille pitreries autour du cadavre. L'un d'eux le brûla avec un fer chauffé à blanc. Un autre, déguisé en créature infernale, lui fracassa le crâne à l'aide d'un lourd marteau[50]. La foule partit d'un grand éclat de rire. Puis on tira le corps avec des crochets et celui-ci disparut par une porte dérobée[51]

---

50. Ces deux mutilations n'avaient pas seulement pour but d'amuser le public. Elles permettaient aussi de s'assurer que le gladiateur était bien mort.
51. La *porta libitina*.

pendant qu'un jeune garçon de piste arrosait le sable et le balayait pour effacer les traces de sang.

D'autres comiques jouant à se battre avec des épées de bois amusèrent encore le public en mimant de manière parodique l'affrontement sanglant qui venait d'avoir lieu.

Je cherchai Orgetorix du regard. Où était-il ? Les trompettes sonnèrent une nouvelle fois. Il réapparut, salua la foule en agitant la branche de palmier qu'on lui offrit et plaça sur sa tête la couronne de laurier qu'on lui présenta avant de sortir pour de bon sous les bravos des spectateurs.

Dès qu'il nous eut rejoints dans le corridor obscur où nous attendions tous notre tour, je me précipitai vers lui.

— Ça va ?

Il ne répondit pas et, comme hébété, se laissa tomber sur le banc de pierre où les deux gladiateurs suivants étaient assis, se préparant à faire leur entrée. Il resta ainsi un long moment à fixer le mur en face de lui.

Il tremblait des pieds à la tête.

Tout le long de l'après-midi, les équipes de gladiateurs inscrits au programme poursuivirent ce spectacle sordide. Parfois, la lutte était très courte. Parfois, elle s'éternisait. Quand un duelliste était mortellement blessé, j'entendais les gens qui se réjouissaient :

— *Hoc habet! Hoc habet!* Il a son compte !

À la fin de chaque combat, nous attendions le résultat. Qui s'en était sorti vivant ? Qui avait obtenu sa *missio*? Qui y était resté ?

Caïus, qui se tenait devant la grille nous séparant de la piste, nous commentait le déroulement de chaque confrontation :

— Celui-là s'est bien battu. Les spectateurs agitent leurs mouchoirs et leurs toges : il aura la vie sauve.

Il ne se trompait jamais. Effectivement, quelques minutes plus tard, le vainqueur arrivait, soutenant parfois son compagnon que la foule venait de gracier. Le malheureux boitait ou crachait du sang, mais jamais il ne se plaignait, préférant remercier ceux qui s'efforçaient de l'encourager en le rassurant sur la gravité de ses blessures.

— Ce n'est qu'une vilaine entaille. Tu t'en sortiras. N'est-ce pas, Caïus ?

Et Caïus appelait le médecin de la caserne qui lavait la plaie et s'efforçait de la refermer

pendant qu'on faisait avaler au blessé grima-
çant une potion à base d'opium pour qu'il
ne souffre pas trop.

Plus la journée avançait, plus je ressentais un écœurement grandissant devant tout
ce sang versé uniquement pour le plaisir
sadique de ces Pompéiens désœuvrés aux
yeux de qui la mort n'était pas un drame mais
un simple divertissement.

Il faisait une chaleur torride et les jeux
durent s'interrompre une heure, le temps de
déployer au-dessus des arènes une immense
toile[52] afin de protéger le public du soleil.
Tiberius, toujours aussi soucieux de sa popu-
larité, en profita pour offrir à ceux qui le
désiraient qu'on les arrose d'eau froide ou
de parfum au safran afin de les rafraîchir et
de leur faire oublier les odeurs qui empes-
taient les lieux.

Le spectacle reprit. Caïus annonça :

— Léo, c'est à toi, contre Pugnax.

Je ne réagis pas immédiatement, ayant
oublié que mon nom n'était plus Séti mais
Léo, le lion. Orgetorix, lui, se souvenait du

---

52. Cette toile ou *velum* était si grande que, parfois, il
   fallait faire appel à des marins pour la manœuvrer
   et l'arrimer à ses mâts.

sien et, avant de rabaisser sa visière, il m'adressa un regard attristé.

Quelques gladiateurs protestèrent bien un peu que le Gaulois avait déjà livré un combat dans la journée et que l'obliger à se battre une nouvelle fois était contraire aux règles.

Caïus coupa court à la discussion en rétorquant d'un ton sans réplique :

— Je n'y suis pour rien, écoutez la foule : elle le réclame.

Orgetorix entra le premier dans l'arène en brandissant bien haut son épée pour saluer les spectateurs qui hurlèrent :

— Pugnax ! Pugnax !

Je le suivis sans enthousiasme, m'attirant quant à moi les huées des amateurs les plus fanatiques. L'arbitre, qui s'était placé entre nous, cria en levant son bâton pour donner le signal :

— Battez-vous !

Je connaissais Orgetorix. Hors du cirque, il s'était toujours comporté avec moi en ami loyal sur qui je pouvais compter. Mais ici, entouré de cette meute assoiffée de sang, je savais qu'il se montrerait impitoyable.

C'était la dure loi du métier : vaincre ou mourir.

Je me mis donc en position de combat, le trident tendu à bout de bras, en avant de moi. Il ne fallait pas que je laisse l'adversaire me serrer de trop près et, dès qu'il m'en donnerait la chance, je devais absolument essayer de l'emprisonner dans les mailles de mon filet lancé à la volée. Je me contentai donc de tester sa défense en faisant mine de le harponner et en utilisant mon filet comme un fouet dans l'espoir de le faire trébucher.

Orgetorix avait beaucoup plus d'expérience que moi, si bien qu'il n'eût aucune difficulté à déjouer mes attaques jusqu'à ce que malencontreusement son glaive se coince entre les dents de ma fourche et que je réussisse à le désarmer d'un coup de poignet. Il se baissa pour tenter de ramasser vivement son épée. Pas assez vite pour éviter mon épervier[53] que je fis tourner au-dessus de ma tête et que je lançai sur lui au moment où il se relevait.

Le lourd filet garni de plomb l'enveloppa presque entièrement. Orgetorix se débattit pour s'en échapper, mais les mailles s'étaient accrochées dans le cimier de son casque. Mon ami gaulois perdit de précieuses secondes à

---

53. Filet du rétiaire.

se dépêtrer du piège, me laissant le temps de le terrasser d'une brusque estocade et de l'immobiliser en lui plaçant les trois dents de mon arme sous le menton.

Orgetorix était à ma merci et il le comprit, cessant bientôt de se défendre.

Qu'allait décider Tiberius qui, en tant qu'organisateur des jeux, disposait de nos vies ? Orgetorix était un champion reconnu qui valait une fortune. J'étais donc confiant qu'il aurait la vie sauve.

C'était sans compter la folie meurtrière des Pompéiens qui hurlaient :

— Léo a gagné ! *Jugula ! Jugula !*

— Non, Pugnax était le meilleur ! Il s'est bien battu ! *Missio! Missio!*

Les avis étaient partagés. La moitié de l'assistance voulait que je laisse la vie à mon compagnon. L'autre moitié entendait que je l'achève.

Tiberius Crassus attendit que les cris s'apaisent. Il leva le pouce. Une partie de la foule déchaînée se remit à réclamer:

— À mort ! À mort !

Par un effet d'entraînement, ces cris étouffèrent les appels à la clémence et furent bientôt repris par l'amphithéâtre tout entier.

Alors Tiberius, toujours avec une lenteur calculée et un souci de bien théâtraliser son geste, retourna sa main et pointa son doigt vers le bas.

La mort dans l'âme, je me penchai vers Orgetorix et lui murmurai :

— Adieu, mon ami !

Puis j'empoignai mon trident, prêt à l'enfoncer dans la gorge du Gaulois quand, tout à coup, je ne saurais dire pourquoi, je retins mon bras et levai les yeux vers le haut des gradins.

Dans la section réservée aux femmes, je crus apercevoir Livia. Livia assise au milieu des matrones et des jeunes furies plus passionnées encore que les hommes. Livia dont le regard horrifié était posé sur moi.

Alors, je me sentis comme paralysé. Je n'entendais plus rien, ni le tumulte assourdissant mené par les spectateurs, ni la voix de l'arbitre qui me commandait d'un ton impérieux : « Tue-le ! Tue-le ! Qu'est-ce que tu attends ? » J'étais également sourd aux objurgations d'Orgetorix lui-même qui, toujours couché sur le sable, me souffla :

— Tu es fou ! Fais-le ! Le sort en est jeté. Mon heure est arrivée. Je dois mourir.

Mais je ne bougeai toujours pas.

À deux reprises, Tiberius, appuyé à la balustrade de sa loge, tourna de nouveau son pouce vers le sol d'un geste autoritaire.

Je répondis à son ordre en me débarrassant de mon trident et en le jetant loin de moi.

La colère des Pompéiens était à son comble. Tiberius, décontenancé, fit signe à Caïus de mettre fin au plus vite à cette situation embarrassante et le laniste fit entrer immédiatement dans l'arène deux *ministri* qui se précipitèrent sur moi afin de me forcer à accomplir mon devoir. L'un d'eux, une torche à la main, me brûla les mollets dans le but de ranimer ma colère guerrière, en vain. L'autre me fouetta les épaules, sans plus de succès.

Je restais là, immobile sous les coups.

La fureur du public monta encore d'un cran. On m'injuriait. Des objets divers volaient dans ma direction.

Finalement, des soldats en armes m'encerclèrent et, après m'avoir solidement garrotté, me traînèrent vers la porte des morts, la *porta libitina*.

Je cessai toute résistance.

Je me souviens seulement que, juste avant que la grille ne se referme sur moi, je réussis à me retourner un bref instant pour voir quel sort attendait Orgetorix. Le laniste Caïus s'était avancé un glaive nu à la main et avait pris place derrière le Gaulois qui, sur son ordre, s'était mis à genoux. Il brandit sa lame. Orgetorix releva alors la tête et cria :

— Maudits soyez–vous, Romains ! Maudite soit cette ville et…

Le laniste ne lui laissa pas le temps d'ajouter un autre mot et, sans hésiter, lui plongea son épée entre les épaules à la base du cou.

Le gladiateur s'effondra, face contre terre.

9

Condamné à mort

La geôle dans laquelle on m'enferma était située dans les soubassements de l'amphithéâtre. Un lieu sombre où régnait une odeur fauve et pestilentielle, car c'était là qu'étaient encagées les bêtes féroces destinées aux chasses et aux combats d'animaux. Des lions, des tigres et des ours qui rugissaient, feulaient et grognaient sans arrêt.

Je n'étais pas seul dans ma prison. Une vingtaine de détenus, hommes et femmes, la partageaient avec moi. Quelques-uns étaient de vulgaires criminels, des voleurs et des assassins destinés aux bêtes[54] pour expier des crimes que je préférais ne pas connaître. Les

---

54. La *damnatio ad bestias* était une forme de condamnation à mort publique.

autres se tenaient regroupés au fond de l'étroit réduit. Ils semblaient résignés et récitaient en chœur des sortes de litanies sans fin qui agaçaient au plus haut point un des condamnés.

— Ils ne vont pas la boucler, ceux-là !

Il se tourna vers moi pour chercher mon approbation.

— Ce sont des chrétiens. C'est à cause d'eux que tout va mal. Ils peuvent bien prier leur dieu, les lions les boufferont pareil. Tu les entends, les lions ? Ça fait une semaine qu'ils n'ont presque rien mangé. Juste un peu de chair humaine pour leur donner le goût…

La brute se mit à rire et me piqua un clin d'œil en me désignant quelques-unes des femmes en prière.

— Il y a parmi elles une ou deux petites qui ne sont pas mal. Ça ne te tente pas ?

Il força même une des chrétiennes à se lever et voulut l'embrasser. La malheureuse se défendit de son mieux. D'une solide bourrade, je le contraignis à la lâcher.

— Laisse-la !

Le scélérat serra les poings, prêt à se battre mais, après m'avoir dévisagé, il hésita :

— Il me semble que je te connais, toi… Tu ne serais pas le gladiateur qui s'est révolté ?

Je ne lui répondis pas.

— Oui, oui ! C'est toi. Eh bien, je peux te dire que tu es stupide de ne pas profiter des heures qui te restent à vivre. J'ai déjà vu ce qu'ils font à des gars comme toi. Nous, ce ne sera pas long, mais toi ils te feront mourir à petit feu et souffrir le plus longtemps possible. Et puis, quand tu seras mort, ton laniste prendra ton foie pour le vendre. Il y aura aussi des petits vieux qui viendront boire ton sang encore chaud. C'est un excellent remède, paraît-il, pour ceux qui souffrent du haut mal[55].

J'étais conscient qu'il faisait exprès de me donner tous ces détails pour m'impressionner et, en même temps, terrifier les chrétiens qui, pendant cette conversation, s'étaient serrés un peu plus les uns contre les autres.

Je songeai à Livia en me disant qu'elle aurait pu se trouver là, dans cet antre aux portes de l'enfer, à attendre une mort atroce aux côtés de cet être abject. Cette image me parut tout à coup si insupportable que je sentis monter en moi une fureur incontrôlable.

---

55. L'épilepsie.

— Tu fermes ta sale gueule ! Tu as compris ? éclatai-je, en étranglant à moitié cette misérable crapule qui promit qu'elle ne nous importunerait plus.

Les heures passèrent. Peu à peu, les prisonniers autour de moi sombrèrent dans un sommeil ponctué de soupirs et de pleurs étouffés.

Pour ma part, j'étais incapable de fermer les yeux. J'avais encore en tête la vision d'Orgetorix sacrifié comme un animal de boucherie. Il ne devait pas être loin. Son cadavre dépouillé de tous ses vêtements[56] devait être couché quelque part dans les sous-sols. Aurait-il droit à des funérailles décentes ? Peut-être, à condition que les autres gladiateurs du *ludus* se cotisent et que Caïus l'autorise. Sûrement qu'il aurait aimé un buste à son effigie ou une stèle gravée à son nom qui rappellerait ses exploits…

La mort de mon compagnon me navrait et ne faisait que me remplir davantage de rage contre ceux qui m'avaient contraint à participer à cette horrible exécution. Je les

---

56. Le gladiateur mort était mis à nu et dépouillé de ses armes et de tous ses objets personnels dans une pièce spéciale appelée le *spolarium*.

haïssais tous : le laniste Caïus Furius, le riche Tiberius Crassus, les Pompéiens et, finalement, tous ces Romains tellement imbus de leur supériorité qu'ils avaient perdu jusqu'au respect de la vie.

J'en vins alors à regretter de ne pouvoir, comme autrefois, invoquer simplement les dieux pour déchaîner le courroux du ciel sur la tête de ces monstres. J'étais si en colère que j'en oubliais même mes plus sages résolutions et me trouvais de nouveau prêt, si j'en avais la possibilité, à utiliser la magie du livre de Thot tout en sachant le risque énorme que cela représentait.

L'aube commença à poindre par un des soupiraux qui éclairaient la prison. Il ne faisait pas encore jour et il ne faisait plus tout à fait nuit. J'étais épuisé et, soudain, je me sentis envahi par un doute affreux.

Et si les dieux m'avaient abandonné ? Et s'ils avaient décidé que j'avais failli à ma tâche en laissant tomber le livre entre des mains impies ? Et si, ce matin, à l'instar de ces pauvres chrétiens, j'allais mourir moi aussi dans d'épouvantables souffrances ? Mourir sans avoir revu Livia. Mourir comme l'avait décrit ce criminel que j'avais rossé la veille.

Accroupi, la tête appuyée sur les genoux, je roulais ces sombres pensées quand, tout à coup, j'entendis miauler.

Je levai les yeux, intrigué. C'était Anty ! Elle s'était faufilée dans la prison et, tout heureuse de me retrouver, elle s'empressa de venir se frotter contre mes jambes.

Je recouvrai aussitôt ma bonne humeur et m'écriai :

— Veux-tu bien me dire ce que tu fais ici ?

J'entendis un bruit de pas feutrés dans le couloir et, malgré la pénombre, je vis des doigts de femme qui s'agrippaient aux solides barreaux de fer du cachot.

— C'est moi… murmura quelqu'un.

— Livia ?

— Oui.

C'était bien elle. Elle m'expliqua qu'elle avait imploré un des gardiens de la laisser me parler un bref instant. C'était un ancien gladiateur. Il avait eu pitié d'elle.

— Je n'ai que peu de temps ! ajouta-t-elle d'une voix brisée par l'émotion.

Je lui saisis les mains et lui confiai à voix basse pour ne pas réveiller les autres captifs :

— Livia, écoute-moi bien. Pour tous ceux qui assisteront à ma mise à mort dans quelques heures, il ne fera aucun doute qu'avant la fin de ce jour, j'aurai rejoint le royaume des ombres…

À ces mots, Livia se mit à sangloter et je dus la brusquer un peu pour l'apaiser avant de poursuivre :

— Non, ne pleure pas. Retiens ce que je vais te dire. Tout le monde croira que je suis mort, mais il est possible que je ne le sois pas. Il faut me croire. Alors, voilà ce que tu feras. Orgetorix m'avait fait cadeau d'une statuette de la déesse Némésis, tu t'en souviens ? Elle est au *ludus* dans une niche, à droite de la porte de ma chambre. Avant que Caïus ne se débarrasse de mes affaires, réclame-la en souvenir de moi. Quand tu l'auras : brise-la. À l'intérieur il y a dix aurei et quelques gros sesterces[57]. Tu les prendras et, avec cet argent, tu proposeras de racheter mon cadavre sous prétexte de vouloir l'incinérer ou l'enterrer. Tu as compris ?

Livia fit signe que oui sans toutefois me donner l'impression qu'elle prenait mes paroles pour autre chose que les divagations d'un mort en sursis qui se raccroche à des espoirs insensés.

---

57. L'aureus (aurei au pluriel) est une pièce d'or. Le gros sesterce était une pièce valant mille sesterces.

Je n'eus pas le loisir de lui parler davantage. Un bruit de porte métallique qu'on ouvre et qu'on referme résonna dans le corridor. Le gardien complaisant qui nous avait ménagé cet entretien prévint Livia :

— C'est l'heure. Vous ne pouvez demeurer ici plus longtemps. Venez !

Livia me tendit ses lèvres entre les barreaux. Je l'embrassai.

Elle se couvrit de son voile noir et, tout en prenant Anty dans ses bras, m'adressa un geste d'adieu.

Je lui répétai :

— Il faut me croire, Livia. Si tu m'aimes vraiment, tu dois avoir foi en moi. Tout est possible…

10

Crucifié

À Pompéi, comme à Rome et dans toutes les grandes villes de l'Empire où les jeux étaient suffisamment populaires pour justifier l'érection de vastes amphithéâtres, les gladiateurs se battaient l'après-midi tandis que la matinée était consacrée aux spectacles de fauves et aux exécutions.

Les patriciens et les gens aisés boudaient les activités matinales, qui n'attiraient que le bas peuple, c'est-à-dire la plèbe, friande de sensations extrêmes, pour qui la vue du trépas d'un être humain n'apportait un réel plaisir que si elle s'accompagnait de hurlements d'effroi, de cris de douleur, de giclements de sang, de coups de griffes, de rugissements et de morsures fatales.

À ce titre, les organisateurs ne manquaient pas d'imagination. J'avais déjà entendu parler de condamnés qu'on avait attachés sur le dos de taureaux furieux ou de prisonniers dont on avait fait écraser la tête sous la patte d'un éléphant dressé. On m'avait raconté que ces jeux cruels prenaient également la forme de grandes chasses simulées au cours desquelles on criblait de flèches les lions et les tigres. Parfois, c'était des êtres humains, les bestiaires, qui, armés d'épieux ou de simples couteaux, faisaient face aux ours ou aux léopards. Néanmoins, ce qui semblait régaler le plus cette vile populace était sans nul doute le genre de supplice réservé aux condamnés à mort.

Ce n'est que plus tard dans la matinée et chacun à tour de rôle que nous découvrîmes dans toute son horreur le châtiment qui nous attendait.

Avant moi, ce furent d'abord les chrétiens, qu'on livra aux bêtes comme on jette de vulgaires quartiers de viande à des carnassiers avides de chair fraîche. Je les vis sortir de notre geôle en troupeau docile et silencieux. D'après ce que j'en sais, ils moururent avec la même attitude soumise et résignée, ce qui ne manqua pas de susciter les protestations de la foule. Ces chrétiens n'étaient pas drôles à voir dévorer. Ils s'agenouillaient en cercle et priaient les mains jointes. Quelquefois même, ils chantaient alors que les fauves tournaient autour d'eux, hésitant à attaquer ces proies trop faciles qui n'exhalaient pas ce qui d'habitude éveillait leur instinct de tueurs : l'odeur de la peur.

Quelques heures plus tard, une sonnerie de trompettes annonça la fin de cette partie du spectacle. Je vis repasser devant ma prison les restes de ces martyrs chrétiens. Certains corps entièrement démembrés étaient transportés dans des paniers d'osier. D'autres victimes, à peine touchées en dehors d'une blessure à la veine jugulaire, paraissaient endormies. Quelques-unes vivaient encore et gémirent un certain temps avant qu'on ne les saigne d'un coup de couteau.

Les condamnés de droit commun, par contre, donnèrent une prestation bien plus spectaculaire. Ils supplièrent. Ils braillèrent. Ils coururent et furent rattrapés. Ils essayèrent d'escalader les grilles de protection entourant l'arène et ils furent repoussés. Ils s'empoignèrent avec les ours. Ils furent éventrés. Ils gigotèrent entre les mâchoires des félins. Aux clameurs qui s'élevaient de l'assistance, je pus juger que celle-ci appréciait pleinement le divertissement.

Nous n'étions plus que trois à attendre que se joue le dernier acte de nos existences. Les deux captifs qui restaient étaient des brigands : un détrousseur de voyageurs et un profanateur de temples.

On vint enfin nous chercher et, dès qu'on nous eut débarrassés de nos chaînes, on nous poussa sans ménagement dans le tunnel obscur menant à l'arène.

J'avais déjà ressenti à maintes reprises la sensation de vertige qu'on éprouvait généralement en se retrouvant soudain en pleine lumière, aveuglé par le soleil et étourdi par l'immense brouhaha produit par des milliers de voix s'époumonant en même temps pour clamer leur joie sauvage. En entrant dans le cirque, je fermai donc les paupières et tâchai de conserver ma dignité. Mes deux codétenus en furent incapables et, affolés, ils arrondirent le dos et cherchèrent à fuir dans toutes les directions malgré les coups de fouet qui pleuvaient sur eux pour les ramener au pas.

Sur le sable encore gluant de sang, au centre de l'arène, reposaient trois grandes croix de bois grossièrement équarries à la hache. Le bourreau et ses aides nous allongèrent dessus en nous immobilisant bras et jambes.

Je fixai le ciel. Il était d'un bleu limpide traversé seulement par un long panache de vapeur qui montait lentement du Vésuve dont je distinguais au loin la masse sombre.

Un coup de marteau retentit à ma droite. Une douleur fulgurante m'arracha malgré moi un hurlement d'animal blessé. Un de mes tortionnaires venait de me clouer une main et de me lier le bras à la branche horizontale de la croix sur laquelle j'étais couché. Je tendis mes muscles pour me libérer. Un second clou me transperça la paume de l'autre main et mon bras gauche fut à son tour attaché. Puis mes deux pieds furent fixés sur le madrier vertical. La souffrance devint alors si insoutenable que je perdis conscience.

Quand je repris mes sens, ma croix n'était plus sur le sol. Elle avait été relevée à l'aide de cordes tout comme celles des deux autres crucifiés qui, à côté de moi, se tortillaient en essayant vainement d'arracher les gros clous et les liens qui les maintenaient entre ciel et terre.

Combien de temps s'écoula ainsi ? Je n'en sais rien. Je plongeai rapidement dans un état plus ou moins comateux. Vidés de leur sang, mes mains et mes pieds me faisaient moins mal, surtout quand je m'abstenais de tout mouvement. Par contre, chaque fois que je reprenais mon souffle, la douleur se réveillait cruellement. En effet, étant suspendu à bout de bras, je devais m'efforcer de soulever mon corps pour respirer, ce qui avivait les plaies de mes extrémités et me faisait endurer un tel martyre que, quitte à suffoquer, je préférais retenir mon souffle.

Les deux larrons suppliciés en ma compagnie résistèrent assez longtemps. Puis, peu à peu, ils cessèrent d'injurier la foule pour se contenter de geindre et de lutter contre l'asphyxie. Au bout de quelques heures, leurs membres s'affaissèrent et leur tête tomba sur leur poitrine.

Ils étaient morts.

Les Pompéiens qui avaient suivi notre lente agonie avec un plaisir non dissimulé en pariant sur lequel d'entre nous mourrait en dernier, finirent par se lasser. Plusieurs avaient déjà quitté les gradins quand, brusquement, un grondement sourd sema l'inquiétude parmi eux et accéléra l'évacuation du double hémicycle.

C'était un tremblement de terre. Une simple secousse comme il s'en produisait souvent dans la région. Néanmoins, comme dix-sept ans plus tôt un séisme dévastateur[58] avait en partie détruit leur cité, les habitants demeuraient sur le qui-vive.

Bientôt, je me retrouvai donc dans un amphithéâtre désert avec, de part et d'autre de ma croix, les cadavres des deux voleurs suspendus comme des carcasses sinistres.

Ma vue s'embrouillait et mes forces déclinaient lentement.

Enfin, quand la nuit tomba, escortés par un soldat, des esclaves chargés de nettoyer la place firent leur apparition. Je vis que Caïus Furius était là, lui aussi. L'un des hommes dressa une échelle contre ma croix et entreprit d'arracher mes clous à l'aide de tenailles. Caïus, pendant ce temps, examinait les corps des deux voleurs qu'on venait de descendre. Quand il eut terminé, il s'approcha de moi et s'adressa au légionnaire qui, jusque-là, s'était tenu à l'écart :

— Celui-là a l'air de vivre encore ! Passe-moi ta lance.

Je sentis le fer qui s'enfonçait entre mes côtes. Mes muscles se détendirent. Un voile noir tomba devant mes yeux.

---

58. Il eut lieu en l'an 62.

Je pensai : *Voilà, c'est fini… Je vais mourir. Que les dieux me pardonnent et que mon âme s'envole plus légère que la plume de Maât.*

11

L'heure de la vengeance

Est-ce que je mourus vraiment ce soir-là ?
C'est bien possible. Les dieux se détournèrent-
ils de moi et me laissèrent-ils errer aux
frontières du monde des ombres avant de
décider de me ramener à la vie ? Je suis porté
à le penser. Voulurent-ils me donner une
leçon afin de me rappeler l'importance de la
mission qu'ils m'avaient confiée et l'urgence
de mettre en sécurité le livre de Thot ? Cela
se pourrait. Toujours est-il qu'une interven-
tion divine de dernière heure m'avait bien
sauvé la vie, à moins que ce miracle fût le
résultat des prières adressées par Livia à son
dieu ? Qui sait ?

Quoi qu'il en soit, une chose était évidente.
Lorsque la vie se remit à circuler dans mes
veines et à battre dans ma poitrine, j'avais

bel et bien encore l'apparence d'un mort. Teint livide, lèvres violacées, rigidité cadavérique. J'imagine donc aisément quelle dut être la surprise mêlée d'épouvante de Livia quand j'ouvris les yeux.

Effectivement, la jeune esclave qui était assise à mon chevet poussa un cri et dès qu'elle me vit bouger, elle me demanda d'une voix presque inaudible :

— Tu… Tu es vivant ?

Je fus d'abord incapable d'articuler un mot. À peine pouvais-je regarder autour de moi.

Je n'étais plus dans les sous-sols de l'amphithéâtre. Je n'étais pas non plus dans la caserne des gladiateurs. Je reposais sur un lit au milieu d'une chambre aux murs décorés de tableautins représentant des Amours ailés[59]. Par la porte ouverte, je pouvais apercevoir un somptueux atrium entouré de colonnes ioniques. Au centre se trouvaient une fontaine et un jet d'eau qui sortait d'une statue de faune.

Je me redressai difficilement sur ma couche.

---

59. Un des thèmes favoris des décors pompéiens est la représentation de Cupidons sous la forme de jeunes enfants ailés.

— Où suis-je ? Quelle est cette maison ?

Livia, qui s'était quelque peu ressaisie, me répondit :

— Tu es dans un des *cubiculums*[60] de la villa de mon maître, Tiberius. Je n'avais pas d'autre endroit où t'amener. J'ai agi comme tu me l'avais demandé. J'ai payé Caïus pour avoir ton corps, mais il n'a pas voulu que je revienne au *ludus*. Alors je suis partie avec Anty et, grâce à l'argent qui me restait, je t'ai fait transporter ici…

— Et Tiberius sait que je suis chez lui ?

— Non ! Il me tuerait s'il l'apprenait. D'autant plus qu'il a dépensé une fortune pour les jeux et que tout Pompéi ne parle que de toi. On t'a même baptisé « le nouveau Spartacus[61] ». Tiberius est furieux. Il paraît qu'en bravant son autorité, tu as ruiné ses chances d'être élu au Sénat…

— Et où est-il en ce moment ?

— Il est au *ludus*, je crois. Il a acheté de nouveaux gladiateurs à Capoue pour reconquérir la faveur populaire.

---

60. Chambres à coucher.
61. Chef d'une célèbre révolte de gladiateurs qui tint en échec l'armée romaine pendant deux ans (73-71 av. J.-C.).

— Et Orgetorix ? Sais-tu ce qu'ils en ont fait ? A-t-il eu droit à des funérailles dignes de lui ?

Livia baissa la tête.

— Caïus a ordonné qu'il soit jeté dans une fosse commune… Je n'avais pas assez d'argent pour lui…

— Je ne te reproche rien.

À son attitude, je voyais bien qu'elle se demandait encore comment je pouvais être là, vivant, devant elle. Je décidai donc de lui raconter brièvement l'histoire fabuleuse du livre de Thot en insistant sur le fait que ce papyrus sacré était beaucoup trop précieux pour le laisser en la possession d'un homme comme Tiberius. Qui pouvait prévoir l'usage qu'un tel personnage en ferait s'il en découvrait les pouvoirs ?

Comme la jeune chrétienne ne semblait toujours pas convaincue par mes explications, j'ajoutai :

— Je dois te confier autre chose. Il n'y a pas seulement le livre que je cherche à protéger à travers les siècles. Il y a aussi une femme que j'ai chérie autrefois, que j'ai perdue, que j'ai retrouvée pour la perdre à nouveau. Tu crois à l'éternité de l'âme, n'est-ce pas, Livia ?

La jeune esclave approuva.

— Eh bien, poursuivis-je, je suis sûr que l'âme de Néfer, la femme que j'ai aimée en Égypte, il y a plus de mille ans, s'est réincarnée dans d'autres corps et qu'elle vit présentement en toi. Tu es Néfer. Tu as sa douceur. Ton regard a l'éclat de ses yeux.

Livia, cette fois, parut ébranlée et murmura :

— Ce que tu dis m'étonne. Je dois pourtant avouer que j'ai parfois d'étranges visions… Dans mes songes, je me vois portant une couronne, et tu es dans mon rêve, toi aussi, revêtu d'habits princiers. Nous nous tenons la main et, du haut d'une terrasse d'un immense palais, nous admirons ensemble le soleil qui se couche au bord d'un grand fleuve paisible…

— Tu vois ! m'écriai-je, je ne t'ai pas menti. Tu es bien celle que je crois. La fille du pharaon Ramsès-Siptah. Et c'est pour cela que tu dois m'aider. Tu sais où Tiberius cache ses documents les plus secrets. Tu dois me le dire.

Plus éberluée que jamais par tout ce que je venais de lui révéler, Livia balbutia :

— Ce que le maître possède de plus précieux, il le garde dans son *tablinum*[62]. Nul n'a le droit d'y pénétrer.

— Conduis-moi.

---

62. Cabinet de travail.

Nous traversâmes à pas rapides plusieurs pièces au décor luxueux sans trop éveiller les soupçons des nombreux serviteurs, dont certains échangèrent avec Livia des saluts discrets.

Dans un des salons de réception, je remarquai des trophées et des panoplies accrochés sur l'un des murs. Il s'agissait sans doute de souvenirs de la campagne de Judée à laquelle Tiberius avait participé aux côtés de l'empereur. Je m'emparai d'un glaive et rejoignis Livia qui m'attendait devant la porte entrouverte d'une petite pièce.

À l'intérieur, deux hommes discutaient et leurs voix me semblèrent familières. Surtout l'une d'elles, plus rauque et plus tranchante. Une voix habituée à commander et à châtier. C'était celle de Caïus Furius, le laniste, et l'autre devait être celle de Tiberius Crassus Galba. Les deux Romains avaient dû revenir plus tôt que prévu du *ludus* et, à les écouter, ils me donnèrent l'impression qu'ils étaient en train d'ourdir un sombre complot. Il y était question de sommes énormes pour acheter la fidélité de certains officiers de la garde prétorienne[63] et d'une grande fête

---

63. Garde personnelle des Césars. Ses membres furent impliqués dans l'assassinat de plusieurs empereurs.

devant marquer l'inauguration d'un important monument à Rome. Fête au cours de
laquelle il serait facile de poignarder un haut
personnage dont ni l'un ni l'autre n'osaient
prononcer le nom.

Glaive à la main, je poussai le lourd battant
de chêne…

Ce fut Caïus qui me vit le premier et tira
aussitôt son épée en vociférant :

— Léo ! Par toutes les puissances infer-
nales, tu es toujours en vie ! Je ne sais pas
comment tu as échappé à la barque de Charon
et retraversé le Styx[64] à la nage mais, sois-en
sûr, homme ou fantôme, je vais te réexpédier
là d'où tu viens !

À ces mots, il se précipita sur moi, épée
au poing. Toutefois, emporté par son élan, il
s'enferra lui-même sur ma propre lame qui
plongea dans son ventre jusqu'à la garde.

Le laniste, bouche ouverte, me fixa de ses
yeux exorbités, puis s'écroula tout d'une masse
sans un cri. Je retirai mon glaive de son corps
et fonçai sur Tiberius, terrorisé, qui se réfugia
derrière une tenture.

---

64. Les morts traversaient le Styx, le fleuve des enfers,
sur une barque dirigée par une divinité nommée
Charon à laquelle il fallait donner une pièce d'argent
pour payer son passage.

— Je veux le papyrus d'or, grondai-je, celui que tu as volé dans le temple de Jérusalem. Je sais que tu le détiens.

Le patricien, qui s'était drapé la tête dans un des pans de sa toge, protesta en pleurnichant de manière pitoyable qu'il ignorait ce dont je parlais.

Je lui mis la pointe de mon glaive sur la gorge.

— Si tu ne me dis pas immédiatement où tu le caches, toi qui aimes tant voir mourir les gladiateurs, je vais te donner la chance de vivre exactement ce qu'ils ressentent au moment d'expirer…

Paralysé par la peur, le gros homme était trempé de sueur et soudain, les yeux révulsés et l'écume à la bouche, il roula sur le sol, en proie à de violentes convulsions.

— Qu'a-t-il ? demandai-je à Livia.

— C'est le haut mal. Il a déjà eu ce genre de crise…

Devant cette situation déconcertante, je demeurai un moment sans trop savoir comment réagir.

Livia m'avertit :

— Dépêche-toi. J'ai vu un des affranchis de la maison courir donner l'alerte !

12

Le livre retrouvé

Le temps pressait. Il fallait que je trouve le livre au plus vite.

C'est alors que surgit une alliée imprévue : Anty. Après nous avoir suivis discrètement, elle alla directement vers la niche de marbre blanc qui occupait le fond du cabinet, dans laquelle était installée une série de figurines et de portraits miniatures représentant les génies domestiques et les ancêtres de Tiberius sensés protéger sa demeure.

La chatte se dressa sur ses pattes postérieures et se mit à griffer la pierre de l'autel.

— C'est là que le livre doit être dissimulé ! m'écriai-je en passant la main sur les reliefs qui ornaient la partie inférieure de la niche.

Soudain, je sentis une sorte de bouton qui s'enfonça sous la pression de mon doigt.

Un panneau s'ouvrit, révélant une cache où je glissai aussitôt le bras. J'en ressortis un coffret d'ivoire que j'identifiai sans difficulté. C'était celui-là même qui avait appartenu à Alexandre le Grand et dans lequel j'avais jadis rapporté le livre à Alexandrie.

Je l'ouvris avec précaution : une vive lumière illumina le cabinet. Le papyrus d'or était bien dedans.

Je me penchai pour caresser Anty, qui arqua son dos et se laissa flatter l'échine en ronronnant.

— Brave bête ! Je crois vraiment que tu es plus qu'un simple chat…

Livia m'interrompit pour m'avertir une fois de plus :

— J'entends des pas. On vient par ici… Nous n'avons pas un instant à perdre. Il faut fuir…

Elle avait raison et je m'apprêtais à quitter le cabinet, le coffret sous le bras, quand Tiberius, que je pensais inconscient, se releva d'un seul coup et, sortant un poignard de sa toge, m'attaqua traîtreusement par derrière.

Livia cria pour me prévenir du danger.

Hélas ! avant que j'aie pu esquisser le moindre geste, Tiberius avait déjà eu le temps de frapper à deux reprises, mais ce n'est pas moi qui fus atteint! Livia reçut les coups mortels. Livia qui, me voyant sans défense, s'était placée volontairement entre moi et l'assassin. Livia qui, avant de rendre le dernier souffle, eut encore la force d'articuler:

— Je t'aime…

Je la tenais toujours entre mes bras quand Tiberius brandit de nouveau son arme et m'agressa en tonitruant:

— Tu n'auras pas ce livre! Je sais ce qu'il contient. Il est à moi. Grâce à lui, je serai bientôt sur le trône des Césars. Prépare-toi à mourir aussi!

Je fus plus rapide que lui. Du fil de ma lame, je lui ouvris la gorge. Un flot de sang gicla. Il leva la main pour implorer ma pitié.

Alors, sans me presser, je tendis moi-même ma main gauche au-dessus de lui et pointai mon pouce vers le bas.

— Tu ne les entends pas? Écoute Orgetorix et les spectres de tous ceux que tu as fait tuer pour ton plaisir et ta gloire. Tu n'entends pas ce qu'ils crient? *Jugula! Jugula!*

13

La malédiction
des dieux

J'avais le livre. Je l'ôtai de son coffret et le rangeai dans un étui dont j'enfilai la ganse sur mon épaule. Puis je pris le corps de Livia dans mes bras et je sortis de la villa.

J'étais couvert de sang. Dans les rues, les passants s'écartaient devant moi. Anty me précédait et comme je n'avais nulle part où aller, je pris la même direction qu'elle.

Je ne ressentais aucun chagrin. Seulement une colère sourde qui me submergeait et me faisait haïr sans distinction tous ces gens que je croisais et qui me dévisageaient avec inquiétude en me montrant du doigt et en chuchotant. Je les haïssais et cette haine qui grandissait en moi se transforma bientôt en une inextinguible soif de vengeance.

Toujours à la suite d'Anty, je parcourus ainsi la moitié de la ville avant de déboucher en plein forum, devant le temple de Jupiter dominé par le cône noir du Vésuve qui se détachait, à la fois imposant et menaçant, sur l'azur de ce beau ciel de printemps.

La grande place bordée de statues de dieux du panthéon romain était remplie de monde. Pourtant, encore une fois, personne n'osa m'arrêter.

Anty grimpa les premières marches du sanctuaire. Je gravis moi aussi les degrés de marbre et déposai Livia en haut de l'escalier monumental.

Un bruit de métal attira mon attention. Il avait été produit par la chute d'un petit miroir de bronze que conservait mon aimée et qui avait glissé de sa ceinture. Je le ramassai sans penser à ce que j'allais en faire. À vrai dire, depuis ma fuite de la villa, je me trouvais dans une sorte d'état second et agissais de manière plus mécanique que réfléchie. Pourtant, chacun de mes gestes semblait suivre un plan précis comme si une volonté inconnue s'était substituée à la mienne.

C'est ainsi que je sortis le livre de Thot de son étui avec l'intention de le dérouler pour y trouver l'invocation qui me permettrait de venger la mort d'Orgetorix et de Livia en punissant cette ville que je souhaitais maintenant voir disparaître. Or, au moment où j'allais accomplir ce geste fatidique, la force mystérieuse qui s'était déjà manifestée me dissuada de procéder de cette manière expéditive. Elle m'incita plutôt à utiliser le miroir de Livia pour lire les phrases du livre à partir de leur reflet inversé. Sage précaution, car dans ma précipitation j'avais failli oublier que quiconque s'approprie directement les mots des dieux court le risque d'être anéanti par leur pouvoir formidable.

Il me fallut, bien entendu, quelques minutes pour m'habituer à ce genre de lecture à l'envers mais, bientôt, je pus lancer à voix haute la plus terrible des formules d'exécration[65].

— Ô grands dieux qui régnez sur le double pays et la Terre entière, Râ, la lumière du monde, Noût, la dame de la nuit, Seth, le seigneur des ténèbres, Sekhmet, la lionne rugissante, Thot, le gardien des secrets, Anubis, le grand juge, écoutez ma prière.

---

65. Nom donné aux formules de malédiction utilisées dans l'Égypte ancienne.

Cette cité n'est qu'un foyer de vice et de corruption. Maudissez-la ! Accablez ses habitants ! Détruisez ses maisons ! Renversez ses autels ! Plongez-la dans une nuit éternelle ! Que le ciel devienne de fer et la terre, dure comme l'airain ! Que le feu s'abatte sur elle et la transforme en un champ de ruines qui arrachera des cris d'effroi à ses habitants ! Ô grands dieux de justice, épargnez seulement ceux qui ont le cœur pur. Frappez les autres de votre courroux. Exterminez-les sans pitié ! Qu'ils soient privés de tombeaux ! Que leurs corps se décomposent et que leurs ossements se dissolvent au milieu des décombres ! Qu'ils n'aient ni fils ni fille pour les pleurer et leur apporter des offrandes funéraires ! Enfin que plus personne à jamais ne se souvienne de leurs noms !

Je m'attendais à ce qu'aussitôt cette malédiction prononcée, de terribles fléaux sous la forme de vents furieux ou de pluies de sang tombent sur les toits de la ville.

À mon grand désappointement, il n'en fut rien. Seuls quelques Pompéiens, intrigués par ma présence, commencèrent à s'attrouper autour de moi se demandant s'ils avaient affaire à un dément en plein délire ou s'ils ne devaient pas plutôt appeler les édiles ou les *tresviri*[66] pour les prévenir qu'un meur-trier venait de déposer une jeune femme exsangue sur les marches du temple.

Cependant, nul n'intervînt, si bien que j'eus tout le temps d'enrouler de nouveau mon papyrus et de le remettre à l'abri dans son étui avant qu'enfin les premiers signes de la colère des dieux ne se manifestent.

Ce fut Anty qui, avant tout le monde, sentit l'imminence de ce qui allait se produire. Elle poussa un miaulement si intense qu'il me glaça le sang. Ensuite, presque au même instant, tous les chiens de la ville se mirent à hurler tandis que les oiseaux s'enfuyaient à tire-d'aile et que les chevaux désarçonnaient leurs cavaliers pour galoper en direction des portes du sud.

Puis le sol commença à trembler et les statues de bronze qui se dressaient sur la place se détachèrent de leurs socles. Dans un fracas d'enfer, le fronton du temple se fissura et plusieurs de ses blocs volèrent en éclats.

Après deux ou trois secousses, le calme sembla revenir mais, tout à coup, une série

---

66. Les édiles étaient les préfets de police et les *tresviri nocturni,* des sortes de policiers chargés de la surveillance des rues, surtout la nuit.

de violentes explosions déchirèrent l'air et, cette fois, la foule qui errait parmi les débris fut vraiment prise de panique. Des centaines de mains pointèrent vers le septentrion[67].

— Le volcan ! Regardez, le volcan !

Tous les regards se tournèrent vers la montagne et je ne pus m'empêcher de lever également les yeux dans cette direction.

Ce que je vis me stupéfia.

Le Vésuve tout entier était entré dans les transes, projetant dans l'atmosphère un monstrueux panache de fumée qui tourbillonnait et s'étalait en forme de parasol géant à une hauteur d'au moins cent stades[68]. Même si j'avais déjà assisté à des éruptions volcaniques, je n'avais jamais rien vu de tel. L'air empestait le soufre et un vent fort poussait vers le sud ce gigantesque nuage de fumée qui ne tarda pas à envelopper la cité entière, laquelle fut soudainement plongée dans la nuit ou plutôt dans un brouillard suffocant. En effet, le nuage ne répandait pas seulement des gaz toxiques, il noyait également la ville sous une sorte de pluie de cendres semblables à des

---

67. Le nord.
68. Mesure de longueur. Un stade équivalait à environ 180 m.

flocons gris mélangés à de la pierre ponce brûlante et à une fine poussière qui empêchait de respirer et s'accumulait sur le sol à une vitesse effarante.

On n'y voyait plus rien, sinon quelques ombres qui passaient et étaient aussitôt avalées par l'obscurité régnante. À quelques pas de moi, un vieillard s'affaissa en appelant à l'aide.

— Secourez-moi ! Je vous en supplie !

Il fut rapidement recouvert de lapilli[69].

Plus loin, j'entrevis une femme qui cherchait à se sauver en serrant contre elle son bébé sous un châle. Elle disparut à son tour au milieu de l'épais nuage qui déposait partout son linceul grisâtre.

Cette pluie sinistre de cendres et de pierres minuscules se poursuivit ainsi tout l'après-midi et, quand vint la nuit, elle diminua suffisamment pour laisser percer des lueurs rouges qui illuminèrent le ciel opaque.

Une rumeur se propagea à la vitesse de l'éclair : les autres villes de la baie étaient aussi en proie à la fureur du volcan. Herculanum était en feu…

Après m'être caché dans le temple, je profitai de cette relative accalmie pour reprendre

---

69. Projections volcaniques de petites dimensions.

Livia dans mes bras et parcourir la ville à la recherche d'un endroit où l'ensevelir dignement.

14

La fin de Pompéi

Mes pas me menèrent près des thermes de Stabies dans une riche demeure patricienne abandonnée depuis peu par ses occupants.

Tout y était resté intact.

Dans une des chambres, il y avait un lit d'apparat, une armoire remplie de tuniques brodées et, encore ouverte, une boîte à bijoux. J'allongeai Livia et après l'avoir parée de boucles d'oreilles et de bracelets d'or, je la revêtis de la plus belle *stola*[70] que je pus trouver.

Quand j'eus terminé, je lui plaçai dans la main son miroir et étendis sur son corps un voile de soie qui, lui aussi, avait dû appartenir à la noble dame romaine, propriétaire de la maison.

---

70. Tunique de femme.

Ainsi toilettée, Livia était très belle. Belle comme une princesse d'Égypte. Si belle que je n'arrivais plus à me décider à la quitter, ce qui fit que je restai une bonne partie de la nuit à la veiller avec Anty à mes pieds. Anty qui se tenait immobile comme une statue, assise bien droite, appuyée sur ses pattes de devant, la tête dressée et la queue repliée autour d'elle. C'était ainsi qu'on figurait Bastet en Égypte. Cette ressemblance me frappa à tel point que je me mis à souhaiter qu'Anty soit l'envoyée de la bonne déesse et qu'elle puisse intercéder en faveur de Livia. Idée absurde, bien sûr. Pourtant, en cette heure tragique, elle me parut si rassurante que je me mis à parler à voix haute à ma brave chatte tout en la caressant.

— Anty, si tu es en contact avec la déesse, sois gentille, demande-lui de prendre soin de Livia, de guider son âme sur le chemin plein d'embûches qui, au-delà de la mort, ramène vers la lumière ! Demande à Bastet qu'elle lui accorde de renaître dans une autre vie où elle sera plus heureuse…

Anty semblait m'écouter tout en conservant sa pose hiératique. Elle ferma simplement les yeux et, quand elle les rouvrit, sans comprendre pourquoi, je sus qu'elle avait transmis mon message.

Je rabattis alors le voile sur le visage de la défunte et je sortis.

Dehors, les rues étaient encombrées de chariots et de longues files de gens qui cherchaient à quitter la ville. Certains étaient chargés de ballots qu'ils portaient sur la tête. D'autres marchaient sans rien, la face noircie et les pieds brûlés. C'était surtout des pauvres, des esclaves et des affranchis. Ici, une jeune fille soutenait sa grand-mère aveugle. Là, une adolescente consolait sa petite sœur qui berçait dans ses bras une poupée de bois. Ailleurs, un couple, main dans la main, tentait de se frayer un passage dans la cohue. À plusieurs reprises, je crus même distinguer dans cette foule un ou deux de mes anciens compagnons de gladiature encore coiffés de leur casque et équipés de leurs jambières.

Où étaient les autres habitants? Les riches avaient préféré, semble-t-il, se barricader avec leurs familles dans leurs luxueuses demeures, persuadés que l'épaisseur de leurs murs les protégerait. Ils espéraient que, comme d'habitude, l'éruption finirait par se calmer et qu'en conséquence, il serait inutile de déserter leurs maisons et de courir le risque de voir celles-ci livrées au pillage.

Au petit matin[71], accompagné de ma chatte, je sortis de Pompéi par la porte de Nocera et gagnai la côte où, du haut d'une colline, je pus contempler l'ampleur des destructions que j'avais provoquées. Des incendies avaient éclaté dans tous les quartiers et la couche de pierre ponce qui s'était accumulée était si épaisse que la plupart des toitures s'étaient effondrées. Seuls les bâtiments publics les plus élevés émergeaient encore de la cendre et de la pierraille qui les ensevelissaient peu à peu.

Combien de Pompéiens étaient toujours dans cet enfer? Mille? Deux mille[72]? Le désastre était si complet que j'éprouvais presque des remords d'avoir déclenché une catastrophe aussi effroyable.

Par contre, y avait-il un autre moyen pour humilier ces Romains et les faire douter de leur suprématie? Y avait-il une autre façon de venger tous ces peuples qu'ils écrasaient et tout ce sang qu'ils faisaient couler depuis des siècles?

---

71. L'éruption, qui avait débuté le 24 août à 10 h du matin, reprit de plus belle le lendemain à l'aube, vers 5 h 30.
72. C'est le nombre approximatif des victimes.

Je n'eus pas la chance de m'interroger davantage car, précisément à cet instant, de nouvelles déflagrations retentissantes interrompirent mes réflexions.

La montagne se réveillait, déchaînant cette fois un ouragan de flammes, crachant des flots de lave et expulsant de ses entrailles une véritable trombe de feu chargée de pierres pulvérisées chauffées à blanc qui fondit sur la ville en ruine à une vitesse fulgurante et la balaya de son souffle mortel. Nul se trouvant sur son chemin n'échappa à cette nuée ardente car les vêtements de ceux qu'elle rattrapait s'enflammaient spontanément, carbonisant la victime sur place.

C'était la fin. Quand cette tempête de feu atteignit la mer, Pompéi n'existait déjà plus et ce que les flammes avaient épargné, le fleuve de magma qui suivit le recouvrit d'une chape de roches en fusion qui, peu à peu, se mit à durcir et scella à jamais le sort de cette cité maudite.

Oui, c'était bien terminé. Orgetorix et Livia pouvaient dormir tranquilles.

Je n'avais plus rien à faire dans les parages.

— Viens, Anty, allons-nous-en !

15

Épilogue

Venues du Misène[73] sur l'ordre de Pline l'Ancien[74], plusieurs quadrirèmes étaient à l'ancre dans le golfe de Naples et recueillaient tous ceux qui avaient eu la sagesse de quitter Pompéi quand il en était encore temps.

J'embarquai sur l'une d'elles. Maintenant que j'étais à nouveau en possession du livre, j'aurais pu, si je l'avais voulu, détruire Rome, semer la désolation sur ses sept collines et raser l'amphithéâtre colossal[75] que l'empereur s'apprêtait à inaugurer.

73. Port d'attache de la flotte romaine en Campanie.
74. Célèbre naturaliste romain, amiral de la flotte. Il mourut asphyxié après s'être trop approché du volcan dont il voulait observer l'éruption.
75. Le Colisée, inauguré l'année suivante. À cette occasion, Titus donna des jeux qui durèrent cent jours. Neuf mille bêtes sauvages et de nombreux gladiateurs furent massacrés.

Mais j'étais las d'avoir répandu la mort et mon désir de vengeance s'était éteint.

Et puis à quoi aurait servi d'invoquer de nouveau la colère divine contre cette ville encore plus corrompue que Pompéi ? La puissance romaine n'était-elle pas déjà suffisamment gangrenée de l'intérieur pour s'écrouler d'elle-même sans que j'aie à intervenir ?

Pour l'heure, le plus important était de mettre le livre en sécurité et, pour cela, je devais partir loin. Très loin. Au-delà des frontières de l'Empire, là où l'aigle impérial ne s'était pas encore posé pour broyer les peuples et les hommes dans ses serres de bronze.

Irais-je me perdre au plus profond des forêts sauvages de Germanie ou dans les brumes de la Bretagne ? Pour trouver la paix de l'âme, devrais-je m'enfoncer dans les steppes du pays des Sarmates ou au milieu des glaces de la Scanie ?

J'avais des siècles pour y penser.

Je n'avais qu'à m'asseoir comme Anty, à fermer les yeux et à rêver à toutes ces contrées lointaines où m'attendaient une autre Néfer, une autre Roxane, une autre Livia…

TABLE DES MATIÈRES

Daniel Mativat

Né le 7 janvier 1944 à Paris, Daniel Mativat a étudié à l'école normale et à la Sorbonne avant d'obtenir une maîtrise ès arts à l'Université du Québec à Montréal et un doctorat en lettres à l'Université de Sherbrooke. Il a enseigné le français pendant plus de 30 ans tout en écrivant une quarantaine de romans pour la jeunesse. Il a été trois fois finaliste du prix Christie, deux fois du Prix du Gouverneur général du Canada et une fois pour le prix TD. L'auteur habite aujourd'hui Laval.

COLLECTION CHACAL

Ce livre a été imprimé
sur du papier enviro 100 % recyclé.

Empreinte écologique réduite de :
Arbres : 8
Déchets solides : 232 kg
Eau : 21 971 L
Matières en suspension dans l'eau : 1,5 kg
Émissions atmosphériques : 510 kg
Gaz naturel : 33 m³

Ensemble, tournons la page sur le gaspillage.

     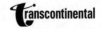